FRANÇOIS COPPÉE *3066*

Mon Franc parler

DEUXIÈME SÉRIE

(Octobre 1893 — Juin 1894)

FAC ET SPERA

PARIS

ALPHONSE LEMERRE, EDITEUR

23-31, PASSAGE CHOISEUL

NEW-YORK, 13 WEST 24th STREET

M DCCC XCIV

Mon Franc parler

ŒUVRES COMPLÈTES
DE
FRANÇOIS COPPÉE

ÉDITION ELZÉVIRIENNE

Volumes in-12 couronne, imprimés en caractères antiques
sur papier teinté.

FRANÇOIS COPPÉE

Mon Franc parler

DEUXIÈME SÉRIE

(Octobre 1893 — Juin 1894)

FAC ET SPERA

PARIS

ALPHONSE LEMERRE, ÉDITEUR

23-31, PASSAGE CHOISEUL

NEW-YORK, 13 WEST 24th STREET.

—

M DCCC XCIV

©

En Plaine

’AUTOMNE est la bonne saison pour la promenade à pied. Profitons-en, puisque je suis encore paysan pour quelques semaines.

L'air est vif, âpre même par instants, et vous invite à faire des kilomètres. Mettons des souliers de fatigue et ce costume de velours à côtes, ni trop lourd ni trop léger. Sur la tête, un vieux feutre qui n'a pas peur d'une averse; en main, une canne solide. Et en route!

En route, à travers la plaine. Car, aujourd'hui,

je suis avide d'espace. Je n'ai qu'à ouvrir la petite
porte, au fond du potager, et me voici en pleins
champs, sur le vaste plateau que le vent d'ouest
balaie de son souffle héroïque. Le beau temps
pour la marche! Il a plu toute la nuit. La route,
séchée déjà, est élastique, et les îlots du ciel,
entre les nuées en voyage, sont d'un bleu adora-
blement pur, d'un bleu de lac montagnard. Le
soleil se montre et se cache tour à tour, avec des
façons de coquette. Pour le moment, il daigne
sourire, arrache des éclairs au coutre de cette
charrue qui semble glisser dans la terre brune,
et, là-bas, tout là-bas, sur les coteaux, il blondit
la verdure persistante des masses boisées. Mais,
aujourd'hui, je fuis les bois, je leur tourne le dos.
Tout droit, tout droit, par la route à travers
champs, du côté de l'horizon vide et clair, où
seulement se dressent, imposantes, les meules,
et, très lointains, quelques clochers! Tout droit
parmi la campagne nue! Je veux de l'air libre et
de la pleine lumière!

Pas un chasseur. Tant mieux. Dans ces derniers temps, ils m'ont un peu gâté mes flâneries,
les chasseurs parisiens, et, souvent, après les
avoir croisés en chemin, je n'ai pu m'empêcher
de hausser les épaules. Pourquoi donc, dès qu'un

brave homme a la bretelle d'un Lefaucheux passée sur l'épaule, se croit-il obligé de rouler des
yeux menaçants et de prendre une physionomie
féroce? Ah! ce n'est pas seulement à Tarascon
qu'il y a des Tartarins.

Et quels équipements! Que de gourdes! que
de carniers! Et des guêtres comme pour pénétrer
dans une forêt vierge! Et des ceintures à cartou-
chières qui donnent à nos Nemrods de la rue
Mandar ou du passage du Saumon un aspect va-
guement circassien. On ne se harnacherait pas
plus terriblement pour aller tuer des aurochs
dans les steppes de la Lithuanie ou des bisons
dans les solitudes du Far-West. Tel paisible bon-
netier se déguise, tous les dimanches, en Bas-de-
Cuir; tel sous-chef débonnaire prétend qu'on le
confonde avec un trappeur de l'Arkansas. Ils
ont lu, dans leur jeunesse, Fenimore Cooper et
Gustave Aymard; lors de la dernière Exposition,
ils ont visité le cirque de Buffalo-Bill. Ces souvenirs leur montent à la tête. Et c'est pourquoi
je vois, chaque semaine, une douzaine d'honnêtes bourgeois, travestis en batteurs d'estrades,
descendre de wagon, à la petite gare voisine, et
se répandre dans ce coin du pays briard, afin d'y
exterminer les trois derniers perdreaux et la dou-

zaine de cailles récalcitrantes, qui ont peut-être survécu au massacre de « l'ouverture ».

Non que je blâme, bien entendu, chez ces braves gens, prisonniers d'un bureau ou d'un magasin pendant tous les jours ouvrables, le goût de ce plaisir hygiénique, de ce retour momentané à la vie instinctive et sauvage, qui est naturel à l'homme. Je voudrais seulement un peu moins de cabotinage. C'est, hélas! notre défaut national. Ces redoutables boucaniers, qui presque tous reviendront bredouille et achèteront, ce soir, au cabaret, du gibier de braconnage, ont l'air plus chasseur que nature. On dirait qu'ils jouent tous un rôle de chasseur, dans une pièce. Et, devant leurs mines farouches, devant leurs costumes très « piochés », dont la confection doit, chaque année, à pareille époque, donner lieu à une hausse sur les cuirs, il m'est arrivé parfois de me rappeler cette malicieuse boutade de Henri Heine : « Tous les Français sont des acteurs, dont les moins bons sont au théâtre. »

Mais, aujourd'hui, en fait de chasseurs, je n'en ai vu qu'un, celui qui orne la girouette d'une grange, au bout du pays. Il était en train de désigner obstinément le Sud-Ouest avec la fumée en tôle de son fusil. Et même M. le curé, que j'ai rencontré là et qui allait dîner chez un de ses confrères, à plus d'une lieue, m'a dit en passant : « Ce bonhomme-là est infaillible. Il pourrait bien encore tomber de l'eau, ce soir. Je vais rentrer au presbytère pour prendre mon parapluie. »

Voilà un chasseur comme je les aime !

Donc, j'ai quitté la route, j'ai pris les chemins de culture, et, pendant deux grandes heures, je suis allé au hasard, à travers la plaine. Je me suis empli les poumons de cet oxygène presque aussi tonique et aussi pur que l'air marin, que la brise du large. J'ai marché, la tête haute, et mes yeux se sont enivrés des magnificences du ciel d'automne.

Tout y annonce la fin prochaine des beaux jours. Les hirondelles, qui vont nous quitter, ont un vol plus court, comme inquiet, décrivent des courbes moins hardies, se rassemblent, paraissent se consulter, se préparer pour le départ. Quelques corbeaux — on n'en a pas vu, pendant cet été torride — commencent à reparaître, s'agitent à la cime des bouquets d'arbres, puis descendent, d'une chute lente, sur la terre, à quelques pas derrière les laboureurs et piquent les vers blancs dans le sillon. Vienne une bourrasque, et ils sortiront, par nuées sombres, des bois voisins, et leurs croassements nous annonceront l'hiver. Ce n'est pas encore l'adieu, mais c'est l'heure qui le précède; et le ciel, le ciel illimité d'octobre se pare d'un charme prestigieux, d'un attrait féerique, de même que le visage d'une adorée, au moment de la séparation, revêt tout à coup une beauté extraordinaire.

Mais ce qui, dans l'arrière-saison, — connaissez-vous un mot plus mélancolique? — nous insinue au plus profond de l'âme son exquise tristesse et sa voluptueuse nostalgie, ce sont les nuages, les changeants, les multiformes, les inexprimables, les prodigieux nuages!

Aujourd'hui, pendant cette longue promenade, j'en ai empli mes yeux et ma mémoire.

Vous n'espérez pas que je vous les décrive et que, vous en montrant un, je vous demande, comme le prince Hamlet à Polonius, si vous ne lui trouvez pas la forme d'un chameau, puis, tout à coup, d'une belette. Ce qu'il y a peut-être de plus admirable dans le spectacle des nuages, c'est sa magique variété. A la plus légère haleine du vent, au moindre caprice de la lumière, tout est changé dans leurs paysages aériens, dans leurs flottantes architectures. En une seconde, par un brusque sourire du soleil, cette cordilière

de cendres, qui évoquait la pensée de volcans
éteints, devient une chaîne de montagnes nacrées.
Mais non. L'azur maintenant l'environne. C'est
une falaise géante, c'est la côte d'un pays en-
chanté, toute baignée de mer et de ciel. Soudain,
la nuée s'obscurcit, se métamorphose encore.
Elle s'anime, ouvre une gueule, étend des griffes,
se profile en monstre de cauchemar. Puis, voici
qu'elle blanchit de nouveau, découvre le firma-
ment, s'éparpille, se désagrège. Que vois-je?
Sont-ce de pâles feuilles de roses sur un étang
d'azur? Est-ce une flottille en marche sur un golfe
de saphir?...

Pauvre fou! ne sais-tu pas qu'il est impossible
de saisir et de fixer un songe!

N'importe, il est bon de lever les yeux, de
regarder là-haut, de contempler le ciel, surtout
par ces après-midi automnales, pendant lesquelles il s'emplit de paisible splendeur et de
calme majesté. Devant cette nature à la fois
douce et triomphale, l'âme humaine s'élève, devient religieuse, oublie les lois inflexibles de la
douleur et de la mort, ne tremble plus devant
l'infini, croit y deviner, y sentir une bonté sou-
veraine. Il semble alors à l'homme, toujours si
terriblement solitaire, qu'une invisible et puis-

sante main se pose sur son front, pour le rassurer
et pour le bénir. Son cœur troublé s'apaise, s'épanouit, et il en émane de mystérieux effluves qui
montent et s'envolent plus haut que la pensée,
plus loin que le rêve. C'est peut-être ce qu'on
appelle la prière.

.... Le jour déclinait. J'étais loin de chez moi.
Je dus m'arracher à ma contemplation et revenir
sur mes pas. Mais il me semblait que j'empor-
tais en moi-même un peu de l'immense azur et
des merveilleux nuages. En traversant un village,
je vis une église ouverte. Entrons! Il est si rare,
chez ceux de mon temps, le besoin d'un acte de
foi, le besoin de courber le front, comme ont
fait jadis les plus grands, comme font encore
les plus humbles. Entrons! Je me rappellerai bien
tout à l'heure les paroles si suaves que ma mère
me faisait répéter, quand j'étais tout petit. Tout
Dieu est vrai, toute religion est bonne, pourvu
qu'on adore et qu'on prie.

J'ai franchi le seuil de l'église solitaire. J'ai
touché l'eau du bénitier, où trembla le reflet
d'une ogive, et, l'âme pleine de l'infini du Ciel,
j'ai fait le signe de la croix.

5 octobre 1893.

Rentrée des Classes

———

JE songe aujourd'hui à la fin des vacances, à la rentrée des classes.

Est-ce parce que je vieillis? Est-ce parce que je m'attarde à la campagne et que ce tiède et pur automne est favorable à la rêverie et au souvenir? Je ne sais, mais rarement mes lointaines sensations d'enfance et de jeunesse m'ont obsédé avec plus de persistance et d'intensité. Assurément, c'est un effet ordinaire de l'âge. L'homme, troublé par les passions, gâté par l'expérience, est comparable à ces fleuves d'Europe, souillés, tout le long de leur cours, par les impu-

retés des villes qu'ils traversent. Leur onde,
comme notre âme, doit avoir le regret de sa
source fraîche. Mais la saison mélancolique exalte
encore plus, chez les natures sensibles, cette nostalgie du temps disparu. Les profondes perspec-
tives de la mémoire s'éclaircissent alors et perdent
leur mystère, ainsi que la forêt qui se dépouille.

Sur l'herbe de la pelouse, reverdie par les pluies
de ces derniers jours, le tilleul argenté a répandu
ce matin une jonchée de feuilles jaunes. On dirait des louis d'or sur une table de jeu, et le râ-
teau du jardinier, qui fait la toilette de son gazon,
— c'est aujourd'hui dimanche, — ajoute encore
à l'exactitude de l'image. La vigne vierge en-
sanglante la muraille. Dans les plates-bandes,
les dernières roses frileuses et sans parfum s'épa-
nouissent à demi. Les masses d'arbres, rouillées
par places, prennent des tons chauds d'anciennes
tapisseries. Au ciel d'un bleu pâle, où sont en
marche de grands nuages couleur de lait qui serait lumineux, le soleil, se montrant par intervalles, a des rayons navrés, des sourires d'agoni-
sant. Dans les allées du parc, on respire une odeur
de terre humide et de feuilles pourries. C'est bien
la fin, l'adieu, le départ!

... Et je me revois, par un jour d'octobre tout

semblable à celui-ci, sur une terrasse du jardin du Luxembourg, revenant du lycée Saint-Louis, dont je suivais les cours en qualité d'externe libre. J'étais alors dans l'âge ingrat, entre l'adolescence et la jeunesse, l'âge de la croissance et de la timidité. Quelques poils follets poussaient déjà sur mon menton, et un ami de mon père m'avait même fait cadeau d'une boîte de rasoirs anglais avec les sept jours de la semaine gravés sur les sept lames. C'était, en vérité, beaucoup de rasoirs pour si peu de barbe. Vous voyez d'ici le dadais, coiffé d'un képi, portant sous le bras ses livres et ses cahiers sanglés d'une vieille bretelle, et tout honteux de son pantalon trop court.

Je ne me plaisais pas au collège, où j'ai fait de médiocres études, souvent interrompues, d'ailleurs, par des accidents de santé. Tous mes professeurs, sauf un, à qui je garde une profonde reconnaissance, m'ignorèrent, ou à peu près. Ils ne s'occupaient — c'était tout naturel — que des cinq ou six « premiers », et, s'ils firent parfois attention à cet externe insignifiant, ce fut seulement pour lui confisquer des livres, étrangers aux études, qu'il lisait en cachette. Car le peu que je sais, je l'ai appris tout seul, à force de lire, et je ne me rappelle pas l'époque où j'ai

commencé, selon l'amusante expression de Val-
lès, à « loucher » dans les volumes non coupés,
sous les galeries de l'Odéon.

Les usages universitaires, dans ce temps-là,
étaient assez solennels. Les professeurs ne mon-
taient dans leur cathèdre que drapés dans la robe
et le bonnet sur la tête. Ils récitaient, au début
de la classe, le *Veni, sancte spiritus*. Les vers la-
tins étaient en honneur, les *Racines grecques* flo-
rissaient encore. On a modernisé tout ce vieux
jeu, qui avait du bon, cependant. Si je sais encore
quelques mots de grec, c'est grâce aux décades.

On avait aussi l'habitude surannée d'enseigner
l'histoire en commençant par le commencement.
Deus creavit cœlum et terram intra sex dies. Il paraît qu'on a changé tout cela et qu'on fait maintenant ce genre d'études à rebrousse-poil. Du
moins, un petit garçon d'une dizaine d'années,
que j'ai interrogé sur ces matières, s'est tout de
suite mis à flétrir, comme ils le méritent, les
roués de la Régence et le cardinal Dubois, et a
sévèrement accusé Louis XV d'avoir perdu nos
colonies; mais, par exemple, il ignorait encore
qu'Abraham avait engendré Isaac et qu'Isaac
avait engendré Jacob.

Mes maîtres d'alors m'ont laissé le souvenir de

braves gens, très consciencieux, tout à leur affaire. Ils ne songeaient pas à devenir journalistes, — car il y avait très peu de journaux, — ni députés et ministres, car nous étions privés des délices du régime parlementaire. C'étaient des hommes de devoir, et ils y obéissaient en m'infligeant cinq cents vers pour avoir introduit en classe quelques feuillets des *Chants du Crépuscule* — édition populaire illustrée, sur deux colonnes — entre les pages de ma grammaire de Burnouf. Victor Hugo ne figurait pas au Programme.

Or, le Programme, c'était sacré. Il ne fallait jamais sortir du Programme. Quiconque s'en écartait courait chance de mal tourner et de finir sur l'échafaud. On m'assure qu'il en est toujours de même dans l'Université et que la consigne ordonne de tout sacrifier aux exigences du Programme. Ce qui me chiffonne, c'est qu'on ne cesse de le modifier et de le bouleverser, ce malheureux Programme. De mon temps, la Bifurcation des études y était inscrite. On plaçait les élèves de quatrième à la fourche de deux chemins, comme Hercule, et l'on demandait à ces jeunes gens, qui, pour la plupart, n'avaient encore manifesté de dispositions que pour le chat-perché ou l'élevage des vers à soie dans un pupitre, s'ils

se destinaient aux lettres ou aux sciences, si la
gloire d'un Racine ou d'un Bossuet les sollicitait
plus que celle d'un Laplace ou d'un Cuvier. Il
eût été aussi raisonnable de tirer la chose à l'as
de cœur. Ce système est, à présent, en exécra-
tion, je le sais bien. Mais tenez pour certain
qu'il y a, au Programme, un autre système dont
on reconnaîtra l'infirmité, un de ces quatre matins, et qu'on remplacera par un nouveau. Le
Programme n'en doit pas moins être considéré
comme infaillible jusqu'à nouvel ordre.

Je n'entends rien aux questions de pédagogie.
Mais je suis convaincu qu'il n'y a point de col-
lier à toute bête, qu'on ne fait rien qui vaille sans
un peu d'initiative et de liberté, et que le man-
darinat à outrance est une chose détestable.

Celui de mes professeurs qui me confisquait si
cruellement mes fragments de Victor Hugo ob-
servait le Programme avec une discipline aveugle.
Tranchons le mot, c'était un cuistre. Non content
de m'avoir donné un pensum et dérobé les précieuses pages, il en faisait une lecture accompa-
gnée de commentaires ironiques. Il avait, certes,
en agissant ainsi, le désir de m'offenser et de
m'humilier; mais surtout — Victor Hugo n'étant
pas au Programme — il se livrait à cette volupté,

si délicieuse pour les pédants, de « blaguer l'auteur ».

Je souffrais d'entendre déclamer avec une emphase dérisoire ces vers qui me semblaient si beaux et que j'aimais passionnément, et les épaisses et massives plaisanteries du pion me faisaient horreur. Mais ce qui révoltait principalement ma juvénile générosité, c'était l'attitude de mes camarades, des autres élèves, qui riaient aux éclats par plate complaisance, par bassesse. Heureusement, cette hilarité avait pour résultat d'abréger mon supplice. Le sot personnage finissait par la juger scandaleuse, craignait d'avoir compromis son caractère, sa dignité. Il s'interrompait alors, jetait le papier avec dédain, frappait du plat de la main, sur le bois de sa chaise, deux ou trois coups de suite pour apaiser le tumulte, disait d'une voix sèche : « Messieurs... messieurs... » et reprenait sa grimace de morgue et d'autorité.

Je n'ai jamais oublié cet épisode — plusieurs fois renouvelé — de ma vie de lycéen. Il a suffi pour m'inspirer le respect de toutes les admirations, et je n'ai pas à me reprocher cette action lâche et mauvaise d'avoir raillé l'enthousiasme d'un enfant.

Le professeur dont je viens de parler était, du reste, une exception, je m'empresse de le dire; et je tiens, par esprit de justice, à écrire pieusement ici le nom d'un homme admirable, qui non seulement s'occupait avec le même zèle affectueux et éclairé de *tous* les enfants placés sous sa direction, mais qui ne les perdait jamais de vue et demeurait pour *tous,* dans quelque condition qu'ils fussent, un protecteur dévoué et un paternel ami. Cet excellent, j'oserai dire ce saint homme, que ses anciens élèves ont environné jusqu'à la fin de leur reconnaissante amitié, s'est éteint récemment, plein de vertus et d'années. Il s'appelait M. Evelard, et il fut mon professeur de quatrième.

Comme contraste à ces souvenirs — maussades, en somme — que viennent d'évoquer pour moi cette date d'octobre et le tapis de pourpre et d'or des feuilles mortes, que j'ai foulé dans ma promenade du matin, je vous conterai sans doute, un de ces jours, ce que fut, en dehors des heures de collège, mon adolescence. Je vous dirai dans quel milieu de pauvreté fière et décente, dans quelle atmosphère de hauts et tendres sentiments, elle eut le bonheur de s'écouler, innocente et pensive. Je remercie, en les bénissant, les êtres chers à qui j'ai dû ces douces années, de m'avoir épargné les duretés et les flétrissures de l'internat. C'est chez moi une conviction que, pour les enfants doués de quelque délicatesse, il n'est pas de pire début dans la vie que cette promiscuité de la caserne universitaire. Je n'ai fait que la traverser, mais, chez tous ceux qui, l'ayant subie, en parlent sans rancune et sans dégoût, j'ai presque toujours découvert un fond d'âme brutal et impur.

12 octobre 1893.

Devant de vieilles Estampes

CONNAISSEZ-VOUS *le Livre et l'Image,* la revue documentaire illustrée, que dirige M. John Grand-Carteret, et dont sept fascicules ont déjà paru? Pas encore peut-être; mais soyez sûrs qu'elle fera son chemin. Pour moi, je ne doute pas du succès qu'obtiendra cette publication auprès de ceux — et ils sont nombreux — qui ont la passion du curieux et du rare et qui, selon un mot fameux, — de Mérimée, je crois, — n'aiment de l'histoire que les anecdotes.

Les éditeurs nous ont tracé leur plan en quelques lignes excellentes. Ils ont l'intention de nous donner et ils nous donnent déjà, avec un goût sûr et exquis pour l'inédit, l'original, le nouveau, ils nous donnent, dis-je, « l'histoire du passé par les mœurs, par la peinture, par l'évocation de la vie ; l'histoire du présent, par ce que les classiques appellent encore les petits côtés, ces petits côtés qui nous renseignent si exactement sur les époques disparues ».

Or, en parcourant cet intéressant recueil, j'y trouve un très bon article de M. Henri Bouchot, qui, par les faits qu'il rappelle, aussi bien que par les estampes dont il est orné, offre un contraste très remarquable avec l'état d'enthousiasme des âmes françaises pour nos chers hôtes, les marins russes. Le texte et les gravures de cet article nous font revivre, en effet, quelques-uns des plus honteux, des pires jours de l'histoire contemporaine. Ils nous montrent l'arrivée et le premier séjour à Paris des Alliés et notamment des Russes, en 1814. Ils nous fournissent la preuve authentique de la conduite vraiment monstrueuse d'une partie de la population parisienne en présence des conquérants.

Les événements sont, d'ailleurs, très connus, et je n'y insisterai pas, car on ne peut y penser

sans rougir. Dans cette circonstance, on le sait,
les ultras du parti royaliste se déshonorèrent.
Certes, au premier moment, ils eurent quelque
courage à arborer la cocarde blanche et à forcer
ainsi l'opinion, très affaissée dans un tel désastre,
de se tourner du côté des Bourbons, alors si profondément oubliés. Mais l'attitude de ces émigrés
de l'intérieur fut absolument scandaleuse. C'est
sur ce point que *le Livre et l'Image* nous offrent
de terribles documents.

Une image allemande, publiée à Nuremberg,
est faite pour donner la nausée. Elle représente
l'arrivée triomphale des Alliés, sur la place Vendôme, ayant à leur tête l'empereur de Russie et
le roi de Prusse. Un groupe d'hommes et de
femmes, portant un drapeau blanc fleurdelysé,
se pressent autour du tsar, tombent à genoux
devant lui; une vieille lui baise la botte, et deux
dames hissées sur des chevaux de Cosaques
qu'elles ont cyniquement enfourchés, accompagnent l'escorte du souverain. Hélas! le dessina-
teur a travaillé d'après nature. Tout cela est vrai.
On sait le nom des deux amazones, qui apparte-
naient à la meilleure noblesse. Oh! combien il
avait raison, l'homme du peuple qui, dans son
indignation, montrant du poing les deux fe-

melles, s'écriait : « Ça n'a pas d'entrailles, ça n'a que des tripes ! »

Les reproductions d'une planche à l'aquatinte de l'Allemand Sauerweid et d'une estampe du Tchèque Opitz, représentant toutes les deux le bivouac des Cosaques aux Champs-Élysées, laissent aussi une impression d'horreur et de dégoût chez quiconque a le cœur à sa place. Là encore, de belles aristocrates, suivies de leurs maris et de leurs parents, parcourent, en grande toilette, le campement des sauvages cavaliers, les frôlent de leur robe, les troublent de leur sourire, acceptent de s'asseoir sur le seuil des tentes, reçoivent les hommages des hetmans et des officiers... Navrantes, abominables scènes qu'aucun artiste français n'a consenti à reproduire, mais dont les vainqueurs ont recueilli, par le pinceau et par le crayon, l'indéniable témoignage.

En regardant ces vieilles images, j'ai eu froid au cœur et ma gorge s'est contractée. C'est donc vrai. L'esprit de parti peut faire descendre certaines âmes jusqu'à ce degré d'avilissement; on peut arriver à commettre de telles infamies par fureur, par hystérie politique !... Et cette page fangeuse n'est pas la seule qu'on voudrait arracher de notre histoire. Quiconque s'est enrôlé

dans une faction, devient capable, sinon de pareilles turpitudes, du moins de sentiments aussi
bas. Je me les rappelle encore, avec épouvante,
au début de la guerre de 1870, la joie hideuse et
mal réprimée, les sourires nerveux et involon-
taires des ennemis du régime d'alors, à l'annonce
des premières défaites.

... Mais quatre-vingts ans ont passé, depuis
que les maigres bidets des Baskirs et des Kal-
moucks ont rongé, de leurs dents longues,
l'écorce des arbres du Cours-la-Reine. La France
ne se souvient plus de l'Invasion ni de la Cham-
pagne hérissée de lances; la Russie a oublié que
nous avons jadis débarqué en armes — pourquoi, grand Dieu! — sur les rivages de l'antique
Chersonèse. Si l'on s'est fait la guerre, on ne
s'est jamais haï. En 1814, Alexandre Ier fut ma-
gnanime, après la victoire; et, dans les tranchées
devant Sébastopol, pendant les suspensions
d'hostilités, les officiers des deux armées, avec
une politesse chevaleresque, échangeaient des
cigares. Puis, un beau jour, on s'est aperçu, les
uns et les autres, qu'on n'avait que des intérêts
identiques, des sympathies communes. Et l'on
fraternise. Enfin! Ce n'est pas malheureux!

« Si j'étais le roi de France, disait le Grand

Frédéric, il ne se tirerait pas un coup de canon
en Europe sans ma permission. » Hélas! ce
temps est loin. Depuis vingt-deux ans, nous
étions réduits à la défensive, tristes, fiers et
seuls.

Mais le noble tsar, en qui l'esprit de justice
habite, a froncé le sourcil devant les coalitions
de trois contre un. Il a songé qu'en s'unissant à
la France militaire, il deviendrait, à son tour, l'arbitre de la guerre et de la paix; et il nous a loyalement tendu la main. Tout son peuple a compris sa grande pensée, et, dans ce moment, les
deux nations s'étreignent, se donnent le baiser
d'alliance.

Toute la France est pavoisée. Les drapeaux
des deux pays se gonflent au vent d'automne et
mêlent fraternellement leurs couleurs. Sur le passage des vaillants marins que le tsar confie à
notre hospitalité en signe d'amitié, s'élève une
immense clameur d'allégresse. Par intervalles,
monte la prière de l'hymne russe, pieuse et pure
comme une fumée d'encensoir, alternant avec la
belliqueuse *Marseillaise,* qui éclate avec des rou-
geurs et des flammes d'incendie. Nous nous sentons tous un poids de moins sur le cœur. Nous
éprouvons une délicieuse sensation de délivrance

et d'espérance. C'est une heure d'enivrement.
Béni soit le tsar, bénie soit la Russie, qui nous la
donnent!

Quel en sera le réveil? Certes, le tsar veut la
paix, nous voulons la paix. Mais, malgré le mot
du Grand Frédéric, nul n'est maître des événements. Personne n'a désarmé. Au lendemain de
ces fêtes splendides, nous nous remettrons à
construire des cuirassés et à fondre des canons.
Elle continuera, la bataille à coups de millions,
où l'on se mitraille avec des pièces d'or. Au moment le plus imprévu, un vent peut s'élever, le
vent fatal qui soulève les tempêtes humaines,
dont les lames sont des bataillons.

Nous ne serons plus seuls? Ce sera la victoire?... Ah! j'ai confiance, j'espère de toutes les
forces de mon cœur!... Mais qui peut les pré-
voir, les sanglants caprices de Sabaoth?

N'importe! Nous ne saurions jamais assez les
fêter et les acclamer, ces généreux amis qui réta-
blissent l'équilibre de l'Europe et qui remettent
la force du côté du droit. Déjà ils viennent de
nous rendre un immense service. Ils nous ont
tous unis, réconciliés, — pour un seul jour peut-
être, mais qu'il est doux! — dans l'amour de la
patrie. Je suais de honte, tout à l'heure, devant

ces vieilles estampes où je voyais l'infâme politique se jeter, comme une fille, au cou de l'ennemi. Eh bien! aux petits-fils de ces Russes à qui
nous donnâmes autrefois cet odieux spectacle,
nous prouvons aujourd'hui que nous ne con-
naissons plus ces haines, que nos querelles inté-
rieures, que nos misérables divisions s'apaisent
et se dissipent quand parle en nous le sentiment
national, et que c'est bien la grande famille française, la famille tout entière, qui les accueille et
qui leur tend les bras.

18 octobre 1893.

Après les Fêtes

ELLE est juste, la locution populaire :
« Triste comme un lendemain de
fête. » Il est beau, le vers de *Ruy
Blas* :

Du spectacle d'hier affiche déchirée.

Et rien n'est lugubre comme la carcasse d'un feu
d'artifice.

Pourquoi donc, après ces jours de concorde
et de joie, que je viens de vivre avec toute la
France, pourquoi donc suis-je hanté par le souvenir de cet homme qui, devant le logis de nos

hôtes, a tiré un coup de revolver sur la foule et
qui, interrogé sur le mobile de son acte, a froi-
dement répondu qu'il était sans pain et qu'il
avait voulu, au milieu de l'enivrement général et
des luxueuses réjouissances, faire entendre la
protestation des affamés?

Sans la police, ce malheureux eût été déchiré,
mis en pièces par cent mains furieuses.

A mort, le scélérat et la bête brute qui,
lorsque son pays s'éveille d'un cauchemar qui
a duré plus de vingt ans, lorsque tous les cœurs
battent du même sentiment de bonheur et d'espérance, ose troubler cette heure délicieuse par
un crime imbécile, veut tuer pour tuer, au hasard, fait feu sur les passants, essaye d'ensan-
glanter la robe de fête de la patrie! A mort,
le traître, qui rappelle à nos chers alliés, à nos
généreux amis, que la terre d'hospitalité qu'ils
foulent est une solfatare; que ce Paris qui les accueille par de longs cris d'amour est la vieille
ville des révolutions, des émeutes et des massa-
cres; que ce peuple si aimable, si gai, si doux,
peut, en une heure, devenir épouvantable; qu'il
est capable, demain, de faire succéder aux salves
triomphales les explosions de dynamite, et que
les monuments qu'il illumine, ce soir, il les a

naguère incendiés! A mort, l'infâme, qui, lorsque
deux grandes nations, dans une clameur unanime, annoncent la paix à l'Europe, vient affirmer,
par une tentative de meurtre, en quelque sorte
symbolique, la guerre civile et la haine entre con-
citoyens!

Voilà ce qu'aurait pu hurler la foule, voilà
certainement ce qu'elle pensait, en se jetant sur
le misérable. Hélas! il a d'avance répondu à
toutes les imprécations par ce seul et terrible
mot : « J'ai faim! »

Puisque, par bonheur, le sang n'a pas coulé,
nous pouvons parler maintenant, sans indignation ni colère, de l'action de ce désespéré. Elle
est affreuse, certes. Mais, en raison même des
circonstances solennelles où elle s'est accomplie,
il me semble que nous aurions le devoir d'en
tirer une salutaire leçon.

Nous en avons tous le sentiment douloureux
et amer. Le touchant et admirable état des âmes
françaises, pendant le séjour des marins russes
au milieu de nous, ne peut pas durer. Ces belles
fêtes, où le patriotisme nous a tous unis pendant
quelques jours, n'ont été qu'une trêve, une halte,
dans la vie intérieure du pays. Cependant, j'ai
la naïveté de croire que ce grand souvenir ap-

portera quelque apaisement dans nos divisions
et que, nous sentant plus forts, nous deviendrons
plus calmes. Le moment ne serait-il pas bien
choisi pour tous les hommes de bonne volonté,
sans distinction de partis, d'aborder franchement, résolument, la question de la misère, de
donner une solide poussée à l'égoïsme immobile
des satisfaits et de les entraîner, bon gré mal gré,
dans la voie des concessions et des sacrifices ?

Pour créer un tel courant d'opinion, je ne
compte guère, je l'avoue, sur le concours du
monde politique. Le Guignol du Palais-Bourbon
va bientôt faire sa réouverture. Qu'y verrons-
nous ? D'abord, un grand nombre d'antiques
marionnettes, dont le suffrage universel aura re-
peint, tant bien que mal, le nez usé par les coups
de bâton de la lutte électorale. Pas mal de panamistes, revirginisés par les électeurs. Puis quelques prétendus « hommes nouveaux », dont les
idées, j'en ai peur, seront vieilles comme les
chemins. Il y a bien le groupe des chefs socialistes. Mais ils m'apparaissent, en gros, comme
des gens à systèmes, de cerveau étroit, très di-
visés entre eux. D'ailleurs, ils ne sont pas en
nombre. Vous verrez que tout ce monde-là va
reprendre les anciennes habitudes, se partager

en petits paquets, s'amuser à mettre M. Goblet
à la place de M. Dupuy, et se livrer, comme par
le passé, à toutes les turlupinades parlementaires.

Mais, après tout, il ne faut pas non plus s'en
faire un monstre, de cette poignée de politiciens.
Ils obéissent assez docilement, quand le pays
commande. Cette alliance russe en est la preuve.
Ils y sont allés comme des chiens qu'on fouette,
mais ils y sont allés tout de même. Ne m'a-t-on
pas dit qu'il y en avait un — ministre de je ne sais
plus quoi — qui avait boudé, pendant les fêtes,
et était resté chez lui à rentrer ses betteraves?
C'est grotesque!

Bah! il en sera des réformes sociales comme
de l'alliance russe. Quand on leur dira, de toutes
parts, et un peu solidement, à nos tortues à por-
tefeuille, qu'il est monstrueux, dans un pays riche
comme la France, qu'un malheureux, même peu
intéressant, même coupable et auteur de sa propre
misère, soit sans gîte et sans pain, elles marche-
ront, les tortues, n'en doutez pas. Mais il sera
nécessaire de leur parler sec.

Et c'est cela qu'il faut leur dire. Les philan-
thropes officiels, les économistes en belle redingote me dégoûtent, à la fin, quand ils reprochent

aux misérables de ne pas être assez laborieux,
assez sobres, assez économes. Mais si les misérables avaient toutes ces vertus, ô graves faiseurs
de statistiques! ils ne seraient pas misérables.
Quant à moi, je n'ai pas le cœur de leur faire les
gros yeux. Je songe que les rentiers ont aussi
des vices. Et puis, je sens si bien que, si j'étais
un pauvre diable, abruti par un travail manuel,
je boirais un coup tous les dimanches, et aussi
quelquefois le lundi. Non, non! Ayons plus d'indulgence et de bonté. C'est en faveur des pauvres, quels qu'ils soient, en faveur de tous les
pauvres, qu'il faut modifier nos lois et nos
mœurs.

Il le faut — et, cela, sous peine d'une révolution.

Car, à moins de fermer les yeux et de se bou-
cher les oreilles, on est bien obligé de voir les
gestes menaçants des prolétaires et d'entendre
les voix impérieuses qui montent d'en bas.

Que réclament-elles, en définitive? Une vie
moins pénible pendant les années de labeur, un
toit et du pain assurés pour les vieux jours. C'est
un minimum.

Je ne prétends pas que, s'ils l'obtenaient, les
pauvres auraient un sort beaucoup plus enviable.

Travailler moins, être mieux vêtus, mieux nourris, mieux logés, ils considéreront cela comme un grand progrès. Il sera presque nul au point de vue de leur bonheur intime. Que ne pouvons-nous leur donner, avec le bien-être matériel, la griserie d'une illusion, l'opium d'un beau rêve.

Dis-moi, compagnon, tu ne restes plus que huit heures à ton établi, tu gagnes une bonne journée et tu auras ta retraite à cinquante ans. C'est superbe! Pourtant, sache qu'il était plus heureux que toi, le vilain du moyen-âge, écrasé d'impôts, de dîmes et de corvées, mais qui, le dimanche, à la messe, croyait que Dieu lui-même entendait sa prière, le prenait en pitié et lui réservait une place dans son royaume. Et toi, camarade, te voilà bien fier aussi. Tu ne dépends plus d'un patron. On t'a livré l'outillage industriel, tu as ta part légitime dans une entreprise coopérative. Bravo! Mais ne doute pas qu'il te serait passé d'autres frissons de joie et de fierté dans le cœur, si tu étais entré à Berlin, après Iéna, le fusil sur l'épaule, derrière le Grand Empereur!...

Où m'égaré-je? Je regrette pour les malheureux la foi et l'amour de la gloire. Et moi-même? Est-ce que je vais à l'église, et, si j'y allais, saurais-je y prier ardemment comme un manant du

xvᵉ siècle ? Éprouvé-je non plus la moindre envie
de conquérir toutes les capitales de l'Europe,
comme un grenadier de 1806 ? Laissons ces chimères. Ce qui est fini est fini. Les revendications
de ceux qui souffrent ont à présent un caractère
essentiellement pratique. Nous n'avons qu'un
devoir, tâcher de les satisfaire.

Par nature et par éducation, j'ai l'âme tradi-
tionnelle et retenue par d'innombrables liens à
la poésie du passé. Je m'imagine difficilement
la société de demain, sans rêve, sévèrement
fondée sur la science et sur le droit strict. A coup
sûr, j'ai tort. D'un monde nouveau surgira une
beauté nouvelle, un jeune idéal.

Mais, la main sur la conscience, je sens au fond
de moi-même un instinct, mon instinct de brave
homme, qui proteste de l'effroyable inégalité
des conditions humaines, qui s'indigne de la tyrannie de l'argent, qui trouverait tout simple
qu'on exigeât des riches de grands sacrifices,
qu'on bousculât un peu, par exemple, les lois
gothiques sur l'héritage. Cet instinct, qui est
surtout fait de pitié, approuve les misérables de
réclamer ce qui leur est dû, s'étonne même de
leur patience, et, dans le cas d'un refus trop dur et
trop prolongé, excuserait d'avance leur révolte.

Au moment des attentats anarchistes, je n'eusse point écrit ces lignes candides et témé-raires; car on aurait pu croire que la peur me les dictait. Je n'ai pas ce scrupule, aujourd'hui. Au milieu de la joie nationale, le coup de pistolet de cet insensé — probablement affolé par les privations — a trouvé un écho dans mon cœur, et cet écho a répondu :

« Justice! »

23 octobre 1893.

Et Bismarck?

———

REVENANT de Hongrie, en 1885, je m'ar-
rêtai deux jours à Munich, que je ne
connaissais pas. Français, — tout de
suite reconnu pour tel, car je baragouine à peine
cent mots d'allemand, — j'avais une certaine répugnance à m'arrêter en pays ennemi, et, monté
à Vienne dans l'Orient-Express, j'eus d'abord
envie de rester, jusqu'à Paris, dans le lit-tiroir du
sleeping. Mais on m'avait tellement vanté les
Rembrandt et les Rubens de la Pinacothèque,
que je surmontai mon dégoût et que je fis une
courte halte dans la capitale de la Bavière.

Voici, en résumé, les deux impressions que j'en ai rapportées : les musées sont merveilleux et la bière est exquise.

J'ai admiré là pas mal de chefs-d'œuvre et vidé, je l'avoue, un assez respectable nombre de pots de grès à couvercle d'étain. C'était à la fin d'août, et il faisait une lourde et pâteuse chaleur. On mourait de soif. Las d'avoir piétiné dans les galeries, devant les tableaux précieux et les vénérables marbres d'Égine, j'allais m'échouer, le soir venu, à la brasserie du Lion. On y boit, je le répète, une bière délicieuse, et l'on y entend un exécrable concert de cuivre. Je me rappelle ce détail burlesque et caractéristique. Juste au-dessous du chef d'orchestre, bien en vue de tous les consommateurs, un énorme écriteau blanc portait cette inscription en lettres noires : « Le pissoir est au fond du jardin ». Or, on vient en famille à la brasserie du Lion ; il y a, dans l'assemblée, beaucoup de femmes, de jeunes filles. Mais cette grossièreté ne choque personne. La naïveté tudesque est parfois bien répugnante.

D'ailleurs, Munich m'a fait l'effet d'un séjour d'ennui. Le portier de l'hôtel des Quatre-Saisons me proposa bien la distraction innocente de visiter l'intérieur d'une statue colossale, qui est aux

portes de la ville. Les Anglais ne manquent pas
d'accomplir cette petite ascension. Dans la tête
de la *Germania,* on a, paraît-il, une vue superbe.
Mais cette offre me laissa froid. Je ne suis point
de ces touristes qui ne croiraient pas connaître
le lac Majeur, s'ils ne s'étaient assis un moment
dans l'énorme nez de bronze de saint Charles
Borromée.

Sur les quarante-huit heures que j'ai passées à
Munich, j'en ai donc perdu quelques-unes à
flâner, silencieux et seul, par les rues. A chaque
pas, j'y rencontrais des soldats en tunique bleu-
clair, coiffés du petit casque à chenille. Je savais
que, quand les Saxons et les Wurtembergeois
adoptèrent, par ordre, après la guerre de 1870,
l'uniforme prussien, seuls, les Bavarois, en récom-
pense des services exceptionnels qu'ils avaient
rendus pendant la campagne, furent autorisés à
conserver leur tenue spéciale. Ils me rappelaient
l'incendie de Bazeilles, et nos pires désastres, ces
lourdauds, vêtus de drap bleu de ciel, que je
coudoyais, sur tous les trottoirs, et, dame! ce
n'était pas fait pour rendre ma promenade bien
enchanteresse.

Une photographie, brusquement reconnue par
moi dans la vitrine d'un libraire, m'arrêta net,

avec une douloureuse palpitation du cœur. C'était le plus récent portrait du prince de Bismarck.

N'oublions pas que ceci se passait en 85, quand les trois vieillards casqués et laurés — Guillaume, Moltke, Bismarck — pesaient si lourdement sur l'Europe. Et celui-ci, le chancelier d'airain, était bien l'âme, la pensée, le génie du triumvirat.

Ce portrait me donna une sensation terrible. Le fondateur de l'unité allemande s'y présentait de face, sur une chaise, dans un jardin, entre deux gros chiens danois. Vêtu d'une longue capote, la casquette d'ordonnance en arrière et enfoncée jusqu'aux oreilles, l'homme était assis, la tête haute, les mains à plat sur les cuisses, dans une attitude effrayante de calme et d'autorité. La carrure du visage, les yeux fixes et ronds jaillissant des paupières meurtries et pochées, les lourdes moustaches en forme de babines, tout lui donnait une ressemblance évidente avec les deux molosses, les deux bêtes de combat, immobiles comme lui et solidement installées sur leurs pattes de devant, à sa droite et à sa gauche.

Ce n'était que l'image d'un vieil homme d'État et de ses chiens favoris; mais il était impossible de ne pas y voir une saisissante allégorie de la force, une sorte d'idole, de dieu impitoyable, flanqué de deux monstres, ses serviteurs, pareils à lui, formant avec lui une mystérieuse trinité, et tout prêts à s'élancer, au moindre signe, et à exécuter ses ordres de vengeance et de colère. En vérité, c'était très beau.

Je n'avais jamais oublié ce portrait de M. de Bismarck. J'y pensais souvent. Mais il s'est dressé dans ma mémoire avec une intensité extraordinaire, ces jours derniers, tandis que le peuple de France acclamait les messagers du tsar.

Eh bien! mon prince? Qu'en dites-vous? Je m'imagine être aujourd'hui un de ces reporters que vous ne dédaignez pas de recevoir dans votre retraite. Car vous êtes un moderne, malgré vos soixante-dix-huit ans. Vous n'ignorez pas la redoutable puissance de la presse, et vous savez la ménager. Vous excellez, d'ailleurs, dans l'interview, et tous admirent avec quelle brève éloquence, quelle âpre et cruelle raison, quelle mordante ironie, vous jugez les hommes et les événements.

Causons donc un peu.

Que pensez-vous de ce qui s'est passé depuis huit ans? Je ne vous interrogerai pas sur tout ce que vous avez personnellement souffert. Votre

orgueil refuserait de me répondre. Et cependant,
quand celui que vous vous étiez habitué à considérer comme un enfant respectueux, comme un
élève soumis, vous a chassé avec tant d'ingrati-
tude, vous n'avez pas su d'abord dissimuler votre
fureur. Elle était humaine, légitime, d'accord, et
la plainte eût été indigne de vous. Vous n'avez
pas tardé, du reste, à reprendre empire sur vous-
même et à vous envelopper d'un dédaigneux silence. Une joie vous restait et vous suffisait, intime et profonde. Votre œuvre demeurait intacte.
Cette Allemagne que vous, le plus grand des Allemands, aviez faite, était toujours la première, la
toute-puissante en Europe. Elle se dressait, forte,
et haute, entre ses deux alliés, comme vous-même
entre vos deux chiens. Et cette France que vous
aviez écrasée, il y a vingt-trois ans, semblait se
diminuer, chaque jour, elle-même, oubliant le
passé, toute à ses discordes intestines et se déchi-
rant de ses propres mains.

Eh bien, Excellence, tout cela est changé. La
France a des amis, maintenant. Elle vient de
prouver que, malgré leurs misérables divisions,
tous ses fils sont indissolublement unis par le sentiment patriotique. Un noble et pacifique souverain l'a compris. Il a fait alliance avec elle, et c'est

lui, désormais, qui est le maître et l'arbitre dans le Vieux Monde. Qu'en dites-vous? Allons, cherchez donc une de ces paroles cruelles, un de ces sanglants sarcasmes dont vous avez le secret.

Prince de Bismarck, vous nous haïssez. Que dis-je? Vous avez contre nous la haine de tout un passé historique, de toute une race. A Jules Favre vous demandant, à Ferrières, après la chute de l'Empire, à qui vous faisiez la guerre, vous avez répondu: « A Louis XIV. » Je ne vous le reproche pas. Pour la grandeur de votre patrie, il vous fallait l'abaissement de la nôtre. C'est l'ancienne politique, qui doit périr un jour, je l'espère, mais qui fut, jusqu'à présent, celle de tous les conducteurs de peuples; et elle vous a, j'en conviens, singulièrement réussi. Vous nous haïssez, et c'est en songeant à cette haine que je devine quelle douleur et quelle rage doivent vous dévorer le cœur.

Qui accusez-vous de ce coup de bascule? Votre élève, imprudent et fanfaron? Mais ne suit-il pas vos enseignements? Preniez-vous souci plus que lui du désir de paix de l'Allemagne? N'étiez-vous pas, comme lui, pour les armements ruineux, la menace constante, les alliances de trois contre un?

Non, vous avez, j'en suis sûr, l'âme plus haute, l'esprit plus philosophique. D'ailleurs, vous êtes à l'âge où l'on se recueille et où l'on se juge. Et, s'il en est ainsi, comme je le crois, prince, nous sommes bien vengés de vous.

Peut-être, par ces jours d'automne, si sombres dans le Nord, en vous promenant dans votre parc solitaire et en regardant tomber autour de vous les feuilles rouillées de vos chênes, peut-être vous demandez-vous avec angoisse si vous n'avez pas eu tort, jadis, d'abuser à ce point de la victoire, d'être si implacable et de mutiler la France vaincue, comme faisaient les antiques despotes d'Asie à leurs esclaves de guerre. Peut-être, tressaillant d'un frisson que vous n'aviez jamais éprouvé, songez-vous que la force opprimant le droit est, à la longue, un scandale intolérable et qu'il y a quelquefois, même en ce monde, une justice. Et peut-être vous répétez-vous tout bas le mot d'un homme que vous devez beaucoup haïr et beaucoup admirer, le mot, dit à Sainte-Hélène, par le vainqueur d'Iéna :

« Tout se paye. »

2 novembre 1893.

L'Exposition de 1900

N commence à s'agiter quelque peu autour de la future Exposition de 1900.

Brûlant du zèle le plus patriotique et du désir de palper des sommes, beaucoup de gens avisés se rasent à la lumière et vont s'entasser dans les antichambres ministérielles, dès l'heure matinale où les garçons de bureau fourrent dans les poêles une quantité de bûches vraiment exagérée. Ce qui s'explique, du reste, attendu que la vente des cendres fait partie de leurs petits bénéfices.

On ne sait même pas encore où elle aura lieu,

la grande Kermesse qui doit clore le siècle, et déjà tous les intrigants et tous les hommes à projets se remuent comme des asticots dans la boîte en fer-blanc d'un pêcheur à la ligne. Une vague odeur de pots-de-vin se répand dans le corridor A et dans l'escalier B.

Un membre du Jockey, tout à fait « dernier bateau » et converti au sport moderne, sollicite la concession d'une grande piste pour bicyclettes. Je le sais par la veuve d'un officier supérieur, qui postule elle-même la location des chaises sur la piste. Les chances de cette dame respectable étaient, jusqu'ici, à peu près nulles. Elle n'avait dans sa manche qu'une douzaine de sénateurs et de députés, personnages de second plan, sans grande influence, pas même compromis dans le Panama. Mais je viens d'apprendre avec plaisir qu'elle est sérieusement recommandée par le concierge de la maîtresse du beau-frère du fameux Terront.

La stagnation des affaires était déplorable. Cela va reprendre. Allons, tant mieux!

Je serais désolé qu'on m'attribuât les opinions rétrogrades d'une vieille douairière qui regrette les diligences en puisant une prise de macouba dans sa tabatière d'or; mais les expositions uni-

verselles ne m'excitent que médiocrement. J'ai
l'idée qu'une invention vraiment utile, qu'une
machine réalisant un progrès réel, n'a pas besoin,
pour devenir populaire, de tant de diplômes
d'honneur et de médailles, et je me demande,
de bonne foi, si la moutarde vendue chez Potin
est bien meilleure depuis qu'on a décoré cet épi-
cier de renom.

D'ailleurs, j'ai fait cette remarque dans tous
les grands bazars internationaux. Les galeries où
sont exposés les produits de l'Industrie restent,
en général, à peu près désertes. Un petit nombre
de badauds circule avec indifférence devant la
colonne Vendôme en chocolat ou la statue du
prince de Galles en savon. Mais la foule se rue
aux baraques de la Danse du ventre. Au fond,
cela ressemble toujours — en énorme — à la
foire de Neuilly. Et voilà tout.

On m'objecte qu'il faut donner de l'ouvrage
aux ouvriers. En ce cas, il y a un travail pour lequel on devrait bien les embaucher tout de suite.
Ce serait la démolition du hideux décor, à moitié
ruiné, qui encombre le Champ de Mars depuis
cinq ans. Car il est inadmissible qu'on nous res-
serve ces rogatons en 1900. Allons! oust! Qu'on
enlève toutes ces ferrailles et tous ces plâtras.

Vite, ouvrez là un grand chantier, pour cet hiver. Les compagnons qui chôment ne s'en plaindront pas.

Et, pendant qu'on y est, pourquoi ne délivrerait-on pas nos yeux de cette ridicule tour Eiffel? Oui, qu'on la déboulonne, qu'on en numérote les morceaux et qu'on les expédie, contre remboursement, aux Yankees de Chicago, qui seront ravis et qui en feront une maison où l'on pourra loger au cinquantième étage au-dessus de l'entresol. Mais, de grâce, qu'on débarrasse Paris de cette laideur qui le déshonore!

Comme nous avions raison de protester, nous autres, les artistes et les poètes, dès qu'il a été question d'édifier ce chenet monstrueux! Nous soulevâmes, je m'en souviens, l'indignation de tous les jobards, de tous les gobe-la-lune, hypnotisés devant le « chef-d'œuvre de la métallurgie ». Eh bien! il est réalisé, le prodige, et il est abominable, et il ne sert absolument à rien.

On nous avait promis, à cette époque-là, que les astronomes s'installeraient là-haut, avec des télescopes et des chapeaux pointus, et nous diraient le fin mot, du premier coup, sur les taches du soleil. Trois cents mètres, n'est-ce pas! C'est une telle poussée dans l'infini! Mais, jusqu'à présent, nous n'avons eu que Bodinier, qui a joué une revue d'été sur la première plate-forme. J'aime beaucoup Bodinier, et je souhaite qu'il fasse fortune. Mais je le connais, il est modeste, et il sera le premier à convenir qu'il n'était pas nécessaire de reconstruire la Tour de Babel pour y montrer tout bonnement des petites femmes.

Non, sérieusement, — je le demande à tous les vieux Parisiens amoureux de la beauté de leur ville, — est-ce qu'il n'y aurait pas moyen de faire disparaître cette grotesque quincaille ?

Théodore de Banville, qui avait infiniment d'esprit, regrettait quelquefois qu'un homme de goût n'eût pas profité des derniers jours de la Commune pour détruire, une ceinture rouge autour du ventre et obéi d'une bande de pétroleurs, les vilains monuments qui attristent les regards des Parisiens. C'est une drôlatique et excellente idée.

Gustave Courbet, tu fus un bon peintre et un gros sot. Mais, quand je regarde la tour Eiffel, j'envie ta gloire.

Et puis, au fond, je suis raisonnable, moi ; je ne m'obstine pas. S'il nous faut, à tout prix, pour 1900, un « clou » dans ce genre-là, un tour de force, eh bien ! cela peut s'arranger. Qu'à la place

de l'absurde tour, on creuse un puits de trois cents
mètres, de six cents mètres, si l'on veut. Cela
sera aussi difficile, aussi étonnant, et les chemins
de fer pourront organiser des trains de bestiaux
et amener toute la province pour descendre dans
le trou. Mais, du moins, cela ne se verra pas de
loin et ne gâtera pas le paysage.

... Je ris. J'ai tort de rire, car c'est une date solennelle que ce rendez-vous donné dans Paris, au
début du xxe siècle, à tous les peuples civilisés.

On en trace déjà le programme, de cette Exposition de 1900, et l'idéal de ceux qui s'en occu-
pent doit être le même ou à peu près, j'en ai
peur, qu'en 1889, c'est-à-dire une vulgaire apo-
théose de féerie. On va jeter les millions par la
fenêtre. Aucun mal, puisqu'ils rentreront par la
porte. Mais ne pourrait-on pas les mieux em-
ployer qu'à des spectacles enfantins et décadents? Nous n'avons que six ans devant nous.
C'est peu, six ans, c'est une heure dans la vie
d'un peuple. Mais il ne faut qu'une seconde pour
une bonne résolution.

Oh! quel beau rêve je fais pour cette fête de
la fin du siècle!

Certes, ce serait à une fête que nous convie-
rions l'univers, à une fête splendide, mais pour

laquelle nous n'aurions pas besoin de dépenser
tant d'argent en carton-pâte et en badigeon, et
qui pourrait se passer d'illuminations et d'ori-
flammes. L'aspect de notre belle capitale ne serait pas matériellement changé, mais on y respirerait une atmosphère délicieuse. Nous offririons
à l'admiration des étrangers une France où tous
les cœurs seraient unis dans un même sentiment
de justice, où le problème de la misère sociale
serait résolu autant qu'il peut l'être, une famille
qui ne laisserait jamais trop souffrir un seul de
ses enfants, un État tendre pour la femme, filial
pour le vieillard, paternel pour l'orphelin, où
l'excès du malheur n'existerait plus. Nous mon-
trerions à nos hôtes, avec un légitime orgueil, les
prolétaires moins écrasés de travail et sans inquiétude du lendemain, les pauvres par infirmité
morale ou physique largement secourus, apaisés
et reconnaissants, et les riches, diminués sans
doute, mais qui, d'abord atteints dans leurs habitudes d'égoïsme, goûteraient pourtant déjà cette
douceur de ne plus se sentir entourés de haine
et d'envie. Nous ouvririons devant nos visiteurs
le nouveau Code de prévoyance et de répara-
tion, où chacun serait traité, non pas selon son
mérite, mais bien mieux, d'après des lois supé-

4

rieures, obtenues pacifiquement, sans révolution
ni violences, et inspirées seulement par le respect
et l'amour de l'humanité!

Que faudrait-il pour que la France donnât cet
admirable spectacle? Un de ces souffles mystérieux, comme celui qui passa sur le monde il y a
deux mille ans, un de ces courants irrésistibles
qui emportent tous les cœurs. Cela est possible,
puisque tous, émus par un instinct secret, attendent et espèrent... Oh! si c'était pour demain!...

Dans six ans? En vérité, est-ce que nous avons
encore pour six ans de marche au hasard, de paroles sans actes, d'énervement, d'attente vaine?
Est-ce que, dans six ans, nous aurons encore pour
guides ces malheureux, qui répètent sans cesse :
« Il faut agir, » et qui restent les bras croisés,
par impuissance ou par découragement?

S'il en était ainsi, elle serait lugubre, l'Exposition de 1900. Dressez le plus pompeux des
décors, érigez des flèches de fer où se déchireront
les nuées, lâchez des torrents et des cascades où
se joueront les couleurs du prisme. Pour quiconque sympathise dans l'âme avec les souffrances humaines, l'image de la patrie, au milieu
de ce luxe tapageur, apparaîtra pareille à la triste
figurante dont un jet électrique fait luire la chair

fardée et la parure de clinquant, mais qui gre-
lotte de misère dans son maillot et ne pense
qu'aux trente sous qu'elle touchera tout à l'heure
pour acheter du pain et de la charcuterie et ne
pas se coucher à jeun.

9 novembre 1893.

Pour les Latins

——

UNE pensée excellente est venue à l'un
des hommes d'État les plus éminents
de l'Italie, M. Ruggiero Bonghi, et au
fils du paladin des temps modernes, au général
Menotti Garibaldi.

Souhaitant la réconciliation de leur pays et
du nôtre, ils prétendent créer, entre Français et
Italiens, en dehors de toute doctrine, de toute
question politique d'ordre intérieur et malgré
tous les obstacles, un courant de sympathie, une

propagande fraternelle. Et cela par-dessus la tête
des gouvernements, en s'adressant seulement à
tous les hommes de bonne volonté, dans le public et dans la Presse. Ils demandent qu'on ne
revienne point sur le passé, qu'on ne recherche
pas, par une discussion fatalement irritante, de
quel côté se trouve le plus ou moins de respon-
sabilité dans les très pénibles incidents, dans les
déplorables malentendus qui ont désuni les deux
nations. Ils souhaitent une entente de peuple à
peuple, ayant pour base l'affinité d'origine et
tant de glorieux souvenirs.

En Italie, un Comité permanent de Propagande conciliatrice est en formation et se com-
pose déjà d'une centaine de personnes considé-
rables. MM. Bonghi et Menotti Garibaldi, qui
sont à la tête du mouvement, désirent qu'un
groupement pareil se produise en France. Se
souvenant d'un appel à la concorde que j'ai publié dans *le Journal* après les malheureux événements d'Aigues-Mortes, et qui a eu quelque
retentissement dans la Presse italienne, ces messieurs ont bien voulu me communiquer la circulaire — encore confidentielle — qu'ils adressent
à leurs amis français et me demander mon concours. Ils se méprennent, je le crains, sur l'in-

fluence qu'une plume aussi indépendante que la mienne peut avoir sur l'opinion, et je repousse les paroles trop flatteuses qui accompagnent leur envoi. Mais, je l'avoue, mon cœur de vieux Latin n'y a pas été insensible.

Peu de jours avant l'arrivée de l'escadre russe à Toulon, le bruit s'était répandu — à peine vraisemblable — qu'une armée italienne se massait derrière les Alpes, prête à nous envahir. Je n'en ai rien cru, pour ma part, et je ne rappelle ce souvenir que comme l'indication du tout récent état des esprits en France sur les sentiments de l'Italie à notre égard. Il ne s'est guère modifié. En m'entendant déclarer que le document que j'ai sous les yeux respire la sincérité et les intentions les plus pures, beaucoup hausseront les épaules et me jugeront bien crédule et bien naïf. Mais ce reproche n'est pas fait pour troubler un poète. N'est-ce pas son rôle et son devoir, d'ailleurs, d'apaiser les rancunes et de calmer les haines ? Réconcilier deux ennemis est une des plus douces et des plus nobles actions qui soient au monde. Il ne sera pas dit qu'on m'a prié d'élever la voix, pour y contribuer dans l'humble mesure de mes forces, et que j'ai gardé le silence.

Je ne me donnerai pas le ridicule de me lancer
dans des considérations sur la politique euro-
péenne et d'aborder des problèmes dont je ne
sais pas le premier mot. Mais il me semble que
les avantages d'une amitié entre les peuples d'o-
rigine latine n'ont pas besoin d'être démontrés.
Cette amitié est, pour ainsi dire, instinctive,
d'ordre naturel.

Voyez quelle ardente sympathie nous mani-
festons pour l'Espagne, en présence des malheurs
qui l'accablent depuis quelque temps. Certes,
nous n'avons pas même à souhaiter la victoire,
sous les murs de Mélilla, à ce peuple qui est la
bravoure personnifiée; mais nous n'en avons pas
moins été très émus de le voir un instant menacé
par cette nuée de barbares. Nous avons été
remplis de douleur en apprenant l'affreuse catastrophe de Santander, et, hier encore, l'abominable attentat des anarchistes de Barcelone
nous arrachait un cri d'indignation et de pitié.
Sans doute, si des calamités semblables avaient
fondu sur ses pires ennemis, la France n'y serait
pas restée indifférente. Nous portons tous, dans
notre généreux pays, le mot de Térence gravé
au fond de l'âme : *Homo sum...* Mais, vers
l'Espagne malheureuse, nous sommes emportés

par un mouvement unanime et spontané, par
un irrésistible élan du cœur. Nous sentons, entre
elle et nous, un lien de parenté. Elle nous
ressemble. Comme la France, elle est fière,
chevaleresque, jalouse et chatouilleuse jusqu'à
l'excès pour tout ce qui touche à son honneur
national. Aussi, souffrons-nous de la voir souffrir;
et, dans cette heure de deuil, la patrie de Roland
envoie un effluve affectueux vers la patrie du
Cid.

L'Italie est aussi de notre famille; et c'est
même, précisément, parce que nous sommes du
même sang, que notre brouille est si profonde et
que nous paraissons, au premier abord, si peu
réconciliables.

Deux frères deviennent ennemis. Ils s'évitent,
se fuient, ne peuvent plus supporter la vue l'un
de l'autre, et chacun d'eux, dans sa solitude,
s'exalte, se dévore, ravale sa bile, s'exagère les
torts réels ou imaginaires du frère détesté. Ce
sont les haines les plus atroces. Oui, mais une
minute suffit quelquefois pour qu'elles cessent,
et à tout jamais. Le hasard met les deux hommes
en présence; ils se regardent dans les yeux, et,
quand les spectateurs de la rencontre croient
qu'ils vont se sauter à la gorge, les voilà qui

se tendent les bras et qui s'embrassent en pleurant.

Nous sommes loin, les Italiens et nous, de ce
moment d'effusion touchante. Quand même les
nobles efforts des conciliateurs obtiendraient un
plein succès, quand même nous serions certains
d'un revirement de l'opinion en notre faveur
dans toute la Péninsule, nous ne pourrions oublier qu'il existe un traité de guerre dont un des
trois seuls exemplaires est serré dans quelque
meuble secret du Quirinal.

Cependant, ne soyons pas injustes et gardons-
nous de confondre les nations et leurs gouvernements. Ajoutons qu'aujourd'hui — nous venons
d'en faire la preuve — les alliances se contrac-
tent parfois autrement qu'en imprimant des
sceaux dans la cire rouge et en apposant des si-
gnatures sur un parchemin. En somme, quand
nous voyons M. Bonghi, qui est un monarchiste,
s'associer au fils de Garibaldi pour nous convier
à une œuvre d'apaisement, nous devons supposer — et je n'en ai jamais douté, pour mon
compte — qu'il y a encore, en Italie, dans toutes
les classes sociales et dans tous les partis politiques, bien des partisans de l'amitié franco-ita-
lienne. A mon modeste avis, il serait aussi mala-

droit que peu généreux de ne pas bien accueillir leurs avances.

On sait que, par tempérament, je ne suis pas, le moins du monde, internationaliste, que j'aime ardemment mon pays, que je le préfère à tous les autres, et que je crois peu à la belle chimère de la paix universelle. On m'a enseigné, pourtant, qu'il y a eu des trêves dans ce long massacre qui s'appelle l'histoire. Peut-on considérer comme une de ces accalmies l'état où nous vivons depuis plus de vingt ans? Certainement non.

Toutes les nations gardent une posture menaçante, épuisent leurs trésors en armements, demandent chaque jour à la science des moyens de destruction plus hideux, sacrifient les plus belles années de leurs jeunes gens en exercices militaires. Elles vont toutes, plus ou moins lentement, vers la banqueroute. Et l'atmosphère est si étouffante, la vie si dure, la misère si grande, l'avenir si ténébreux, qu'on en arrive quelquefois à souhaiter une prompte et sanglante liquidation. Qui sait s'ils ne sont pas affolés par cette horrible impatience, ces hommes qui dérobent quelques éclats à la foudre des laboratoires, et les jettent au hasard, sur des innocents, pour le monstrueux plaisir de tuer?

Non, non, toutes ces tristesses et toutes ces
horreurs n'ont rien d'une trêve, et, dans le malaise et l'angoisse où nous nous agitons, le rêve
des meilleurs serait de faire un grand effort pour
fonder un état plus tolérable, où la vieille Europe
ne serait plus hérissée de baïonnettes, où l'on
respirerait un peu, où fleuriraient de nouveau les
arts de la paix. Pour cette œuvre bienfaisante,
les peuples cherchent instinctivement à s'allier;
mais ils ne le peuvent qu'en restant forts, à cause
des voisins redoutables; ils se mettent trois
contre un, deux contre trois. Hélas! ce n'est pas
le désarmement, la paix durable...

O malheureuse, malheureuse et incorrigible
humanité!

Pourtant, je veux garder un espoir dans la
vertu de ces mots d'union et de concorde que
j'entends confusément murmurer autour de moi.
Opinions de poète, dira-t-on! Opinions sentimentales! Qu'importe? Ce serait si beau, la race
latine, la vieille reine du monde, unie comme
autrefois, déposant son épée et fermant de nouveau le temple de Janus! C'est de Rome même,
c'est de la ville sacrée d'où nous viennent notre
langage, nos lois et nos prières, que m'arrivent
aujourd'hui des paroles fraternelles. Je veux y

répondre. Je veux avoir confiance, chasser mes doutes, oublier mes ressentiments, et montrer à tous cette colombe qui franchit les Alpes et nous apporte le rameau d'olivier.

15 novembre 1893.

Du Travail

J E m'installe aujourd'hui à ma table, et je prends la plume par un temps triste à en pleurer. Le ciel est gris comme le style d'un homme politique. Une pluie glacée tombe, par bourrasques, et l'âpre vent du nord-ouest secoue les branches noires des arbustes de mon petit jardin, que j'ai là, sous les yeux. Il faut vous dire que je loge au rez-de-chaussée. Jardin de curé? Non, pas même. Jardin d'invalide. Il n'y manque qu'une croix d'honneur en buis et un Napoléon en coquillages.

Sur le gravier des allées, quelques moineaux,

au plumage hérissé par la bise, picorent les miettes de pain que la cuisinière leur a jetées tout à l'heure, sur mon ordre. Car j'ai pour les pierrots parisiens les sentiments d'une ouvrière du faubourg, logeant sous les toits, avec un pot de pensées et la photographie de son petit homme. Au fond, voyez-vous, malgré les airs que je prends quelquefois de me moquer du monde, je suis la dernière grisette.

Il y a, dans *le Chiffonnier de Paris* de Félix Pyat, une scène que je trouve délicieuse. Une pauvre fille, abandonnée par un lâche suborneur, est sur le point de s'asphyxier. Mais, avant d'allumer le classique réchaud et de calfeutrer sa chambre, elle arrose les capucines de sa fenêtre et ouvre la cage de son bouvreuil, en disant : « Fleurs, survivez-moi, et toi, petit oiseau, sois libre ! » Eh bien, en entendant cela, j'ai eu des picotements dans les yeux. Romance, dira-t-on. Je ne déteste pas la romance. Et, puisque j'entre dans la voie des aveux, sachez que, quand je reconnais, à l'étalage d'un marchand de bric-à-brac, la vieille estampe *le Convoi du Pauvre* de Vigneron, avec le chien tout seul derrière le corbillard, je ne me mets pas à pouffer de rire.

On va me trouver, j'en ai peur, bien « murgé-

riforme », et même un peu « pauldekockiste ».
Pour le moment, on ne s'intéresse plus qu'aux
dames pâles d'Ibsen, sans cœur ni sexe, qui lâ-
chent leur mari et leurs enfants sans qu'on sache
au juste pourquoi, parce qu'elles ont du vague à
l'âme et que tout n'est pas pour le mieux sur ce
globe. Moi, je veux bien ; mais je n'ai d'émotion
vraie que devant les choses moins compliquées.
Pardon, excuse, pour le vieux sentimental !

Donc j'ai eu, ce matin, en présence des moineaux affamés, une minute d'attendrissement.
Pourtant, ne me croyez point si bêta. Tout de
suite, la détresse des oiseaux m'a fait songer à
celle des pauvres gens, à l'hiver qui commence
— et qui commence mal — par le coup de tran-
chet de Léauthier.

Je suis d'avis qu'il ne faut pas perdre la tête à
cause de ce vent de démence furieuse qui souffle
depuis quelque temps et qu'on appelle l'anarchie. Le malheur serait qu'il desséchât, dans bien
des cœurs, la compassion et la bonne volonté
envers les déshérités du sort. Rien ne serait plus
inique. Mais la peur, la hideuse peur, fille de
l'égoïsme, est la mère de l'injustice et de la
cruauté. Puissions-nous ne pas voir surgir, à la
suite de quelque attentat, une nouvelle loi des

suspects! Ce qui me révolte surtout dans ces crimes anarchistes, c'est leur absolue inutilité. Ils rendent plus obscure et plus formidable la question de la misère — la belle avance! — et ils seraient capables, à la longue, de retarder, d'arrêter peut-être, les efforts des braves gens qui cherchent la solution du problème.

Ce serait déplorable. Mais pour ma part, je ne me sens nullement découragé. Je trouve seulement que le temps presse, qu'on doit agir sans retard. C'est la souffrance qui fait les désespérés, c'est le désespoir qui fait les fanatiques. Par conséquent, il faut tarir le mal dans sa source et diminuer, autant que possible, le nombre des souffrants.

On le peut.

Oui, même sous ce pitoyable régime parlementaire, si lent, si impuissant, si empêtré d'intrigues et de bavardages. On le peut. Et cela, sans troubler seulement la digestion des satisfaits. Il ne s'agit pas, hélas! de réformes promptes et radicales. Je ne puis vous proposer qu'un expédient, que du provisoire. Mais c'est quelque chose déjà que du provisoire qui peut durer, qu'un expédient qui fait du bien.

Il faut, sur-le-champ, dès l'entrée de l'hiver,

entreprendre de grands travaux, donner de la besogne aux ouvriers.

Oh! l'idée n'a rien d'original, et je ne réclame pas de brevet. Je sais fort bien que, dans ce moment-ci, je suis plat comme le proverbe : « Quand le bâtiment va, tout va. » En risquant une proposition aussi médiocre et aussi peu romantique, je me résigne d'avance à l'indignation des « sublimes », pour qui la semaine a quatre lundis, et qui pérorent sur l'abolition du capital, tout en faisant une partie de zanzibar. Je courbe la tête sous l'averse d'épigrammes et je m'offre tout nu — nouveau saint Sébastien — aux flèches barbelées des hommes torts de brasserie, qui étanchent, à force de bocks, leur soif de vengeance contre une société marâtre, où ils ne sont pas encore — mais cela viendra — députés à pots-de-vin ou journalistes à mensualités.

Soulager un peu les misérables en leur procurant de l'ouvrage, c'est vieux comme les rues, cela n'a pas le charme et le piquant d'un paradoxe, et je n'ai pas la prétention d'avoir trouvé la chose à moi tout seul. Mais que voulez-vous? On fait ce qu'on peut.

Sous le second Empire, — lequel, entre parenthèses, nous apparaît maintenant, par con-

traste, comme une époque d'ordre et de probité,
— on avait employé ce moyen-là, et avec beaucoup de succès. Ah! ce pauvre Napoléon III!
Pour la politique extérieure, il ne valait rien; mais
pour la bâtisse!...

Je me rappelle encore les maçons revenant du
chantier en fiacre, avec les auges et les outils po-
sés sur le haut du « sapin ». J'ai connu un ancien
« loupeur » des ateliers nationaux, un insurgé
de Juin, qui n'était pas devenu bonapartiste, par-
bleu! qui votait toujours pour l'opposition, et
raide, mais qui était content et se tenait tranquille tout de même, parce que les journées
étaient bonnes et qu'il n'y avait pas de chômage.
Tel est le peuple français. Avant tout, nous ne
sommes pas une race de fainéants, et dans tout
barricadier il y a l'étoffe d'un paveur.

Je demande du travail pour les ouvriers.

Oh! tout ce qu'on voudra! L'achèvement des
boulevards amorcés, le Métropolitain, Paris-Port-
de-Mer! N'importe quoi, pourvu qu'un tas de so-
lides gaillards, qui se brûlent les sangs aujour-
d'hui, le ventre creux et les poings serrés, ne
finissent pas par devenir des chiens enragés. Et
pas de lésineries, s'il vous plaît. Rien de mes-
quin! Taillez en plein drap!...

Vous dites que ça coûtera cher? Allons donc! La France, pays de l'épargne par excellence, est riche, trop riche. Voilà même pourquoi la souffrance des meurt-de-faim s'y double d'envie et est pire qu'ailleurs. Et puis, les grands travaux n'ont jamais ruiné une nation ou une cité. Tôt ou tard, elles rattrapent l'argent dépensé, y trouvent du bénéfice.

Ce n'est pas par goût, ce que j'en dis, moi, l'amoureux des vieilles rues à souvenirs et des pignons historiques. Mais les pauvres gens avant tout!...

Je consentirais même — voyez si je suis bon enfant! — à ce qu'on fît un pendant à la tour Eiffel.

Allons! Il n'est que temps. Demandons au peuple des travailleurs quelque chose de gigantesque, d'utile, ou même d'inutile, aux yeux des hommes positifs. Qu'importe? L'inutile conduit parfois à la grandeur et à la beauté.

Pour les esprits pratiques et sans poésie, à quoi servent les Pyramides? A quoi l'Arc de Triomphe est-il bon?

Donner du travail aux ouvriers, ce n'est pas bien difficile. Il suffirait, pour cela, d'une poussée de générosité, d'un élan du cœur, chez les mar-

chands de paroles, là-bas, au bout du pont de la
Concorde.

Vous m'objecterez que ce serait la première
fois, depuis plus de vingt ans, qu'ils s'occupe-
raient sérieusement du pauvre monde, et que
nous en resterions tous « baba ». Vous me direz
qu'ils ont, pour le moment, mieux à faire : par
exemple, éplucher avec malveillance l'élection
de Melchior de Vogüé, qui a le tort d'être un bel
écrivain et un haut et fier esprit, tandis que
l'Homme-Canon a déjà passé comme une lettre
à la poste et qu'on va certainement recevoir à
bras ouverts le merlan politique subventionné par
les Allemands.

Vous aurez parfaitement raison. Mais il ne
faut désespérer de rien. D'ailleurs, ces braves
parlementaires ont, à l'heure qu'il est, une telle
venette des socialistes qu'ils se résigneront peut-
être, quand même, à cette petite concession.

Essayons toujours de leur mettre le feu sous le
ventre. Répétons-leur sur tous les tons, cornons-
leur aux oreilles que c'est un devoir élémentaire
pour un gouvernement d'occuper les travailleurs ;
que, lorsqu'il y a foule sur les chantiers, le désert
se fait dans les syndicats et dans les boîtes à discours, et qu'un état social où des gens qui ne

demandent qu'à travailler, qui sont vigoureux,
intelligents et honnêtes, n'ont pas la certitude de
gagner le pain quotidien, est une honte pour la
civilisation et ne peut finir que par un chambar-
dement général.

23 novembre 1893.

Les Avares

——

E temps en temps, on apprend, par les faits divers, qu'un vieux mendiant, qu'on voyait, depuis longues années, dans un angle de muraille, non loin d'une église, les pieds sur une chaufferette, vient de mourir et qu'on a trouvé une grosse somme dans son grabat. On s'en indigne, d'abord, puis on en rit; car l'avare est un personnage essentiellement comique.

Et chacun raconte des anecdotes. C'est la vieille dame qui attrape une mouche tous les matins et l'emprisonne dans le sucrier, afin de s'as-

surer que la jeune servante, soupçonnée de gour-
mandise, ne dérobe pas de morceaux de sucre.
C'est le vieux monsieur qui fait porter des lu-
nettes vertes à son cheval, pour que la pauvre
bête, qui n'a que de la paille dans son râtelier,
s'imagine manger du foin.

Nous avons tous personnellement, sur ce sujet,
un riche répertoire, car tous nous avons connu
des ladres et des fesse-mathieux, et nous avons
constaté combien ils étaient capables de res-
sources et d'inventions ingénieuses pour satisfaire leur passion. Il n'y a pas à dire le contraire.
L'avare, bien que sacrifiant tout à son penchant
abominable et étant l'un des pires ennemis de
l'humanité, relève, avant tout, du ridicule.

« L'économie — a dit spirituellement Alphonse Karr — est la mère de tous les vices. »
On pourrait tout de même réfuter cet amusant
axiome. L'avare a, généralement, toutes sortes
de petites vertus. Il est ponctuel, poli, grand
observateur des formes; car l'exactitude et l'urbanité ne coûtent rien. Il est même obligeant,
tant qu'on ne lui demande que des services gra-
tuits. Il disposera très volontiers en votre faveur
de son temps, de ses relations, vous donnera de
bonne grâce un coup de main. Mais si vous vous

adressez à sa bourse, il sera soudain fermé à vos
sollicitations par cette surdité intermittente dont
Balzac a doté son admirable père Grandet.

J'en ai fait jadis l'expérience, non sans malice, sur un pleure-misère de ma connaissance. Le
personnage était non seulement millionnaire,
mais considérable et puissant en haut lieu. Quand
j'avais besoin de lui pour un autre ou pour moi-
même, je l'allais voir et, dès les premiers mots,
je lui donnais le soupçon qu'il s'agissait d'un em-
prunt. Tout de suite, une affreuse inquiétude se
peignait sur son visage. Je ne résistais pas au
plaisir de prolonger son supplice pendant quelques instants, je l'avoue; puis, démasquant ma
batterie, je venais au but de ma visite, je récla-
mais de l'homme influent une obligeance où il
n'avait qu'à payer de sa personne, une démarche
qui ne lui coûtait rien. Aussitôt rasséréné, il y courait comme au feu. Au moyen de cette innocente
comédie, j'ai pu être utile à quelques camarades.

Si l'avare est serviable, dans une certaine mesure, il est aussi d'une extrême sobriété, — autre
vertu, — et rien ne lui est plus aisé que de se
priver de nourriture.

Je sais, à ce propos, une anecdote assez bouf-
fonne et parfaitement authentique.

Deux vieux époux de Normandie, possédant de belles terres, mais vivant par lésinerie comme d'humbles paysans, reçurent, un soir, leur fermier qui apportait le prix de son loyer en pièces de cent sous. Il vida le sac sur la table; le total y était bien. Mais, après son départ, les deux harpagons comptèrent l'argent une seconde fois et s'aperçurent, avec épouvante, qu'il manquait cinq francs. Ils cherchèrent, furetèrent partout. Rien! Ils recommencèrent le compte, défirent et refirent les piles d'écus. Il en manquait toujours un. Impossible de rien réclamer au fermier, qui avait compté devant eux. Ils étaient au désespoir.

Alors, le bonhomme eut une inspiration héroïque.

« Couchons-nous sans souper, dit-il à sa femme. Ce sera toujours ça de rattrapé sur les cent sous. »

Sa digne compagne y consentit sans hésiter et se mit au lit. Pour la rejoindre, l'homme ôtait ses sabots, lorsque, dans l'un d'eux, il vit briller l'écu, qui était tombé là sans faire de bruit, à cause de la paille.

Plein de joie, il le serra dans l'armoire, avec les autres. Puis, se tournant vers le lit :

« Dis donc, ma femme... Il est bien tard.... .

Est-ce que vraiment tu vas te relever pour rallumer le feu, pour mettre le couvert?... Si nous ne soupions pas, quand même?... »

La vieille approuva, bien entendu. Pour les ladres, quand une économie est faite, c'est sacré. On ne revient pas là-dessus. Et, stoïquement, ils passèrent la nuit à jeun.

Le hasard a mis sur mon chemin plusieurs avares assez curieux. Est-ce en raison du contraste et parce que ma poche ressemble au tonneau des Danaïdes? Mais ils m'ont toujours vivement intéressé. Je ne puis même me défendre d'une malsaine admiration pour l'ordre, la prudence, la sagesse, pour les qualités supérieures qu'ils déploient afin de conserver, et non d'acquérir — car ils sont rarement cupides — cet argent qui ne leur sert à rien. Il y a dans leur vice quelque chose d'abstrait, de purement intellectuel, qui me confond. Quelle énergie morale il leur faut pour se refuser tout le bien-être, toutes les jouissances que représente l'or et pour se contenter de sa platonique contemplation! Rester pauvre devant un lingot, n'est-ce pas le comble de l'idéalisme?

Ce que j'ai vu de plus drôlatique, dans cet ordre d'observations, c'est l'état d'esprit de

l'avare en présence d'une pingrerie à laquelle il
n'avait pas encore songé. Il s'accuse alors de pro-
digalité, rougit de lui-même, éprouve, devant son
rival, le sentiment mêlé de honte et d'admiration
qui troublerait un pécheur en présence d'un saint
homme.

Une vieille dame, que connaissaient mes parents, quand j'étais petit, fit, un jour, devant moi,
une confidence remarquable.

Ce n'était pas précisément une personne d'habitudes sordides; mais, étant donné sa fortune
assez ronde, elle passait avec justice pour très
serrée, et même un peu crasse. Un type de lourde
bourgeoise. Je la revois, en robe de veuve, avec
sa poitrine trop opulente, son teint de beurre, ses
fausses dents et ses grosses coques de cheveux
gris, à la mode du règne de Louis-Philippe.

Un jour, elle arrive chez ma mère — qui était
la générosité même — et lui conte son aventure :

« Figurez-vous, lui dit-elle avec une émotion
sincère, que je viens de recevoir une leçon d'économie, une leçon que je n'oublierai jamais... J'en
suis encore toute confuse... J'avais affaire à Saint-
Denis... Arrivée à la gare, ma foi, je me décide
à prendre une seconde. En troisième, on se trouve

souvent avec des gens grossiers, du monde à paquets, du monde qui ne sent pas toujours bon...
Je me disais : « Je ne suis plus jeune, j'ai de quoi
« vivre, — moins qu'on ne croit, — mais enfin,
« j'ai de quoi vivre. Je peux bien me donner mes
« aises. » D'ailleurs, la différence de prix est de
quelques sous... Mais voilà que, sur le quai, je
rencontre Mme X***, qui est plus vieille, moins
bien portante et trois fois plus riche que moi.
Elle allait aussi à Saint-Denis. Nous nous donnâmes le bonjour, et je vis qu'elle se disposait à
monter en troisième... Eh bien! j'en ai été toute
saisie, et j'ai voyagé dans le même compartiment
qu'elle... Songez donc! Mme X***, qui a plus de
quarante mille livres de rentes!... Non, jamais
je n'aurais osé lui avouer que j'avais un billet de
seconde... Et on ne m'y reprendra plus, soyez
tranquille! »

J'entends encore pouffer les miens, après le
départ de la bonne dame. Je souris même, en ce
moment, de ce souvenir. Car, devant les grippe-
sou et les liardeurs, le mieux est encore de suivre
l'indulgente tradition du peuple et de se moquer
de leur misère volontaire.

Seulement, il ne faut pas se rappeler l'autre
misère, la vraie, celle qu'entretient et perpétue

la dureté des mauvais riches. Car on devient sérieux alors, terriblement sérieux. On songe à
l'inutile et criminel trésor de l'avare.

Et l'éclat de rire s'achève en malédiction.

30 novembre 1893.

Sur un Attentat

HIER, à quatre heures, au moment où l'un des élus du hasard — c'est-à-dire du suffrage universel — défendait son élection, une bombe a été lancée dans la Chambre par un anarchiste.

Il y a de nombreux blessés.

L'événement n'a rien d'extraordinaire. Il faut nous y habituer. Mourir de cette façon ou d'une autre, qu'importe! Pour ma part, j'aurais mieux aimé être foudroyé d'un coup de mitraille, sur le pont d'Arcole. Mais mourir pour la patrie, pour la gloire, pour la liberté, c'est ridicule, à la fin du XIXᵉ siècle. On est de son temps ou l'on n'en est pas. Êtes-vous, oui ou non, matérialistes?

D'ailleurs, nous sommes très intelligents; nous comprenons tout. Or, qu'est-ce qu'un anarchiste? Un dément, mais plein de logique. Il est las de s'entendre promettre — toujours pour demain — le bonheur; et, furieux, il jette sa bombe.

Un fou, rien de plus. Qui ne se sent de la pitié pour un fou? C'est à qui dira : « Il n'est pas méchant, je vous assure. Il ne ferait pas de mal à une mouche. » Puis, un jour, le fou si gentil, si doux, met le feu à la maison ou jette l'enfant par la fenêtre. Alors, ce n'est qu'un cri de regret indigné : « Il devrait être, depuis longtemps, dans le cabanon, sous la douche! »

Hier, au Palais-Bourbon, l'Assemblée, d'après ce que m'assurent des témoins dignes de foi, ne s'est pas mal tenue. Le président, M. Dupuy, est resté au fauteuil. C'est un brave, et il faut toujours saluer un brave. Les députés, avec un gros battement de cœur, — j'en suis sûr, mais je le comprends, — ont continué à s'occuper de l'élection de M. Mirman et l'ont validée. A merveille.

Mais demain?...

Demain, ils penseront qu'il est impossible de
délibérer en paix sous les bombes; ils seront em-
poignés aux entrailles par la peur rétrospective;
— et nous en aurons, très probablement, pour
quatre ans de réaction.

Ils ne feront pas leur *meâ culpâ*, soyez-en sûrs.
Ils ne se diront pas que, depuis près d'un quart
de siècle, le régime parlementaire n'a rien ou
presque absolument rien fait pour les souffrants
de ce monde; qu'aucune des promesses des vieux
programmes d'avant la guerre n'a été tenue; que
le spectacle de l'impuissance — et souvent de
l'improbité — donné par le monde politique, a
été scandaleux; que la loi sur les retraites des
ouvriers, par exemple, est dans les cartons depuis
deux ans; qu'ils ont perdu leur temps à satisfaire
leurs plates ambitions et à s'agiter dans leurs
basses intrigues; que, dans les circonstances les
plus solennelles, — comme dans les affaires du
Panama, — justice n'a pas été faite; que jamais
un souffle généreux, un courant de bonté n'ont
emporté leurs cœurs du côté des pauvres; que les
moins mauvais d'entre eux n'ont jamais gouverné
que dans un intérêt de parti, tandis que certains
— et il y en avait un bon nombre — ne songeaient qu'à tripoter et à emplir leurs poches;

et qu'eux tous, les politiciens, pris en masse, sont l'objet du mépris et de la méfiance de tous les honnêtes gens.

Ils ne se diront pas cela, tenez-le pour certain. Mais, pris d'épouvante, ils voudront épouvanter; terrorisés, ils feront de la terreur. « A mort, le fou furieux! » Ce sera leur cri : « A mort le fou! A mort, quiconque n'est pas pour la mort du fou! »

Encore une bombe ou deux, et gare à la loi des suspects!

Et la prochaine bombe ne tardera pas à éclater. Qui sait? C'est peut-être pour demain. Rien n'arrête les fanatiques. Torquemada s'endormait, la conscience en paix et rêvant du Paradis, le soir d'un auto-da-fé. L'anarchiste, après avoir jeté son abominable engin au hasard et tué des innocents, rentre tranquillement dans son galetas et se dit : « J'ai bien fait! »

En vérité, l'avenir est sinistre.

Le coup de dynamite d'hier, qui — Dieu soit loué! — n'a pas obtenu tout son horrible effet, a blessé, renversé sur son banc, le député du Nord, l'abbé Lemire.

Je ne le connais pas. Je sais seulement qu'il est un socialiste chrétien, et, à ce titre, il m'est

6

cher. Car, selon moi, la solution du problème de
la misère est tout entière dans le Sermon sur la
Montagne. « Aimez-vous les uns les autres. » On
ne trouvera pas mieux.

Depuis deux mille ans, en dépit des dogmes
qui l'ont obscurcie, la morale chrétienne est toujours debout, éclatante et splendide. Elle a fondé
la plus forte école de bonté que le monde ait
connue. Elle a institué l'adorable loi d'amour.
Si, malgré l'énorme égoïsme qui pèse sur le
monde moderne et le régit, la vie est encore supportable, c'est que nous avons tous, ou presque
tous, dans un coin du cœur, — oui, même les
impies, même les sceptiques, — un peu de cette
doctrine sublime. Tel darwinien incomplet, persuadé que la lutte pour l'existence permet d'être
impitoyable, et que, cependant, on surprend à
secourir son prochain, ne le fait que par atavisme,
et dépense, sans en avoir conscience, les économies de charité et de pitié que lui ont léguées
ses aïeux.

Elle est encore très riche — oh! je veux le
croire! — l'épargne chrétienne qui reste à l'humanité. Mais — à moins d'être aveugle, on doit
le constater — cette précieuse épargne diminue
chaque jour. Les mots de progrès et de civilisa-

tion, dont notre orgueil se berce, sont très déce-
vants. La foule qui circule parmi le luxe et l'ordre
de nos villes est pleine de désespérés, et la
Science, qui peut-être demain domestiquera les
explosifs pour percer les isthmes ou diriger les
aérostats, n'a fourni jusqu'à présent qu'un ton-
nerre aux assassins.

Mais quel progrès a fait la bonté?... Hélas!
c'est au nom de la justice que nous voyons s'accomplir des attentats comme celui d'hier, où la
bête, qui est au fond de l'homme, s'épanouit
dans toute sa férocité.

Cet abbé Lemire, ce prêtre naïf qui siège sur
les bancs de la Chambre, voulait rappeler aux
Pharisiens du jour les paraboles du mauvais riche
et des ouvriers de la dernière heure; il prétendait
ranimer, chez les hommes de bonne volonté, la
douce loi du primitif Évangile. Oh! quelle douloureuse ironie! L'éclat de bombe de l'anarchiste
atteint d'abord le serviteur de Jésus-Christ. La
main pleine de haine et de vengeance choisit,
pour cible, un cœur plein d'amour!

Les esprits forts du Palais-Bourbon hausseront
les épaules si, par hasard, ces lignes leur tombent
sous les yeux. La bonté, la charité? Vieilles ren-
gaines! Avant tout, défendons-nous, nous diront-

ils, et faisons reculer le crime devant l'horreur du châtiment.

Et bientôt nous verrons peut-être une nouvelle Terreur.

Quant à toi, poète, point de défaillance! L'autre jour, sous la coupole de l'Institut, tu rappelais à la société moderne ses devoirs envers les misérables. Les actes monstrueux d'une poignée de scélérats ne te décourageront pas. Jette-le toujours, à pleins poumons, à plein cœur, ton cri de pitié, pendant que tu peux encore le faire publiquement. Car qui sait si les politiciens affolés t'en laisseront longtemps la liberté?

10 décembre 1893.

Après l'Attentat

LES conséquences du crime commis par l'anarchiste Auguste Vaillant sont, comme tout le monde le prévoyait, absolument lamentables.

D'abord et d'une, — comme disent les bonnes gens, — loi contre la Presse.

Ne me prenez pas pour un niais, je vous prie, et ne vous imaginez pas que je tiens pour respectable et sacré tout ce qui est imprimé. Ainsi que toutes les forces, la Presse est susceptible de faire beaucoup de bien et beaucoup de

mal. On peut semer les caractères typographiques comme le bon grain; on peut aussi les
lancer comme une mitraille meurtrière.

Ceux qui se servent de cette arme toute-
puissante pour exciter les désespérés à la haine
cruelle et à la vengeance imbécile sont très
coupables et me font horreur.

Cependant, cette nouvelle loi — ou plutôt
cette vieille loi qu'on exhume pour les circonstances — se présente mal.

En admettant — ce dont je doute fort —
qu'elle arrête les attentats, elle arrive bien tard.
Le danger était-il moindre, au lendemain des
explosions du restaurant Véry ou du bureau de
police de la rue des Bons-Enfants? Ces explosions n'avaient-elles pas produit des effets autrement terribles que la bombe de Vaillant, fait
plusieurs victimes, éclaboussé de sang la capitale
du monde civilisé? Il ne se trouva pourtant pas
alors une majorité dans la Chambre pour voter
des mesures restrictives de la liberté de la Presse.
Mais on jette une gamelle pleine de clous et de
poudre verte dans la salle des séances du Palais-
Bourbon, et, dès le lendemain, sans examen,
sans discussion, toutes les mains se lèvent, et la
loi passe.

Qu'est-ce à dire? La vie d'un marchand de
vins, d'un passant qui boit un verre sur le comp-
toir, d'un pauvre sergent de ville dans l'exercice
de ses fonctions, serait-elle moins précieuse que
la vie d'un député?

Voilà qui est bien peu démocratique, et bien
injuste, et bien inhumain, messieurs les humbles
serviteurs du suffrage universel. On s'est trop
hâté, samedi, d'admirer votre tenue, et j'ai peur
qu'il ne soit pas très bon teint, votre courage
civil.

Les enragés de répression, — car, en vérité,
depuis ces derniers jours, la lecture des journaux, et des journaux les plus avancés, est, à ce
point de vue, presque effrayante, — les enragés
de répression me répondront : « Vaut mieux
tard que jamais. Qu'importe le motif qui a fait
voter la loi, si elle est indispensable! »

Soit. Mais je la voudrais plus claire, et je
n'aime pas cette formule vague : « Apologie de
faits réputés crimes. »

Car le régicide, le stupide régicide, qui sup-
prime Henri IV et rate Louis XV, est un crime;
l'insurrection, quand elle échoue, est un crime.
Ces horribles journées de la Révolution, qui
sont toutes des combats de vingt contre un, ne

sont appelées glorieuses, en définitive, qu'à cause de leur succès final.

Comment? Je vous fais tous bondir? Et vous-mêmes, aussi, là-bas, les socialistes pourvus! Les actes des anarchistes ne peuvent être comparés, selon vous, à des crimes politiques. Nous sommes en présence de Canaques, d'anthropophages, etc.

Tout ce qu'il vous plaira. Les compagnons souhaitent le retour à l'état sauvage. Ils poussent à l'absurde le rêve de Rousseau. L'homme, à l'état de nature, étant bon, doit obéir à la nature. Or, comme la société gêne les manifestations de l'individu, c'est la société qui est le tyran. Et ils tapent « dans le tas », se prenant pour des Brutus, — pour ce Brutus qu'on a voulu m'apprendre à admirer, dès le collège, où j'ai pris en grippe, d'ailleurs, ce pédant sanguinaire, qui ne me rappelle que d'ennuyeux pensums.

L'idéal des anarchistes est monstrueux, d'accord. C'est le recul vers l'âge du singe anthropoïde, vers les cocotiers ancestraux. Entre nous, le bagne collectiviste, où chacun aurait sa part de haricots et où tout se ferait — même l'amour — à heure fixe et au son de la cloche, ne me semble pas beaucoup plus séduisant. Tout cela n'a pas le sens commun; mais c'est là ce qu'on a coutume d'appeler, de nos jours, des opinions sociales et politiques.

Pour faire triompher la sienne, le révolutionnaire n'hésiterait pas devant la guerre civile, le massacre dans la rue. L'anarchiste, plus impatient, nous bombarde tout de suite. Franchement, ils ne sont séparés que par une nuance.

Mon aversion pour les violents est telle que j'exagère ici mes ironies. Mais, hélas! j'en ai tant vu, dans mon malheureux pays, depuis mon âge de raison, que je n'ai plus maintenant l'indignation facile. Les marins russes ont été reçus à l'Hôtel de Ville par de parfaits gentlemen, qui jadis l'avaient incendié, en présence des Prussiens. Qui sait ce que l'avenir nous réserve? Si le jury de Montbrison avait eu la même « frousse » que celui de Paris et s'était contenté d'envoyer Ravachol à Nouméa, le terrible compagnon aurait fini, sans doute, par être compris dans une amnistie ou dans une fournée de grâces, et, avec le temps, Ravachol aurait très bien pu se retirer dans le confortable fromage du Conseil municipal.

Pour en revenir à cette loi qui fait les gros yeux à la Presse, je crois peu à son efficacité.

On pourra coffrer quelques gens de plume, arracher des placards, saisir des journaux. Je doute que cela suffise pour mettre la camisole de force aux fous furieux et pour vaincre « ce fanatisme inouï, cette lèpre morale », comme l'a dit excellemment un vieux républicain, lequel, en 1858, admirait Orsini comme un martyr et devait peu s'inquiéter, je le crains, des passants, des cavaliers de l'escorte, foudroyés par la bombe du conspirateur sous le péristyle de l'Opéra.

Car c'est ici encore une triste conséquence du crime de cet anarchiste. Nous allons assister à bien des volte-face, à bien des palinodies, à bien des reniements. Ah! pas brave, pas joli du tout, le cœur humain, dans ces occasions-là! Avez-vous lu les interviews de ces messieurs de l'extrême-gauche? A les croire, aucun d'eux n'a jamais eu affaire à Auguste Vaillant que pour lui acheter de l'épicerie... Hé! citoyens, n'entendez-vous pas la voix du coq de Jérusalem, qui lança par trois fois son coup de clairon dans le ciel blanchi par l'aurore, à l'heure où Pierre répétait peureusement aux soldats du prétoire : « Je ne connais pas cet homme! »

Et ce sont là nos maîtres de demain, peut-

être! Et ils débutent par ce beau trait de caractère! Pourris comme les autres, probablement.

Ah! elles n'ont pas duré longtemps, nos illusions des fêtes russes! Il est aussi dans le troisième dessous, notre espoir d'obtenir un généreux sacrifice des heureux pour les misérables!

Comment tout cela finira-t-il? Encore une
explosion ou deux, et toute la France n'aura
qu'un cri pour réclamer un dompteur de bêtes
féroces. Mais lequel? Nous n'avons point de
soldat victorieux; et pas de César sans laurier!
Un tyran en redingote? Non, malgré tout, je
ne peux m'imaginer le profil de M. Constans
sur les pièces de cent sous.

Alors, quoi? Toujours cette lente décadence,
cet enlizement dans la boue, avec, de temps en
temps, un nouvel exploit de ces atroces fanatiques qui, ayant fait le sacrifice de leur vie, sont
les plus forts; car on ne les empêchera pas,
malgré tous les règlements sur les explosifs,
d'avoir chez eux, dans un coin de leur taudis,
un peu de Saint-Barthélemy en bouteille.

Parole d'honneur! Je me félicite d'être vieux
garçon et de n'avoir pas d'enfants!

Mais j'en ai rencontré un, tantôt, un bonhomme, déguenillé, d'une dizaine d'années, qui

revenait de l'église. On les y envoie encore quelquefois, même dans les familles du peuple, vous savez. Ma foi, je l'ai arrêté, j'ai ouvert son catéchisme à la page où se trouvait le commandement : « Homicide point ne seras », et, à tout hasard, j'ai marqué le feuillet avec une image donnée par M. le curé.

14 décembre 1893.

Le Dilettante

—

JE le connais de longue date, ce pré-
tendu « jeune »; il est, la plupart du
temps, au moins quadragénaire.

Je l'ai vu successivement parnassien, natura-
liste, brutaliste, psychologue, néo-catholique,
décadent, mage, symboliste, etc. Aujourd'hui, à
cause de Nietsche, qu'il n'a pas lu, — ni moi
non plus, du reste, — le voici « individualiste »,
en d'autres termes, anarchiste de doctrine.

Car c'est un dilettante. Afin de bien établir
qu'il est toujours pour le « dernier cri », il admire le « geste » de Vaillant et, comme écho de

l'explosion du Palais-Bourbon, il lâche son petit
pétard de réclame.

Il n'est pas seul de son espèce. Vous rencon-
trerez son pareil, à deux ou trois exemplaires,
dans chaque brasserie, dans beaucoup de bureaux
de rédaction, et même dans quelques salons fan-
taisistes, où de jeunes détraqués, le col enroulé
dans une cravate mil huit cent trente, déclament
des vers abscons devant des dames morphino-
manes.

N'ayez pas peur. Le dilettante ne fabriquera et
ne jettera jamais aucune bombe. La manipulation
des substances explosives est trop dangereuse;
et l'esthétique de notre jeune homme répugne
au « geste » qui consiste à mettre sa tête dans la
lunette de la guillotine. La vie, bien qu'empoisonnée par le succès de quelques confrères, semble
encore douce à ce littérateur. Quelquefois, il possède même une certaine aisance, détient une
partie, pas tout à fait négligeable, de l'infâme capital; ou bien, s'il est encore à la fleur de l'âge,
il reçoit de province une pension servie par papa
et maman, répugnants propriétaires, qui touchent
leurs fermages à la Saint-Michel et détachent
avec soin leurs coupons de rentes aux dates d'é-
chéance.

Vous pouvez être tranquilles. L'anarchie du dilettante est purement spéculative.

C'est par dandysme qu'il applaudit aux assassinats. Il juge cette opinion élégante et s'en fait une macabre parure. Il y a en lui du romantique à la façon de Pétrus Borel. Il se met à la boutonnière cette monstrueuse fleur, cette mandragore poussée sous le gibet, et il se regarde dans la glace avec satisfaction, après avoir ainsi parachevé sa toilette.

Tandis que les naïfs et les gens de bonne foi ont besoin de faire un grand effort, en présence des crimes anarchistes, pour garder intacte leur pitié, le dilettante approuve les abominations d'un sourire aristocratique. Il n'a rien de commun, d'ailleurs, n'en doutez pas, au point de vue de la charité, avec François d'Assise ou Vincent de Paul. Autant que possible, il évite les « tapeurs » et il sait très bien refuser un louis à un camarade. Égoïste et vaniteux, il a le cœur sec, et, pour lui tirer une larme, je crois qu'il faudrait le contraindre à éplucher des oignons.

Ne cherchez pas de midi à quatorze heures les causes qui ont amené ce gracieux enfant à souhaiter qu'on nous purge fréquemment à la dynamite. Les coupables sont tout bonnement deux

péchés capitaux — peu rares chez les gens de
lettres — qui s'appellent l'orgueil et l'envie. Sa
prose ou ses vers étant demeurés sans gloire,
l'anarchiste de plume trouve tout naturel que la
société s'écroule et qu'on étripe tous ces bourgeois qui n'ont pas reconnu, du premier coup,
la précellence de son mérite.

Et il laisse éclater, dans toute son horreur, sa
haine de raté.

Entendons-nous bien. Je n'ai pour les vaincus
de l'art et de la pensée que respect et compassion, et j'ai écrit jadis sur leur infortune une bal-
lade où j'ai tâché d'exprimer ma sympathie. Tout
essor vers un idéal de beauté, même impuissant
dès le premier coup d'aile, est honorable et touchant, et l'on doit plaindre celui qui, toute sa
vie, reste douloureux et brisé de cette première
chute. Puis, que sait-on ? La postérité réforme si
souvent les jugements contemporains. Notre indifférence et nos sévérités sont si sujettes à l'erreur. Tel méconnu d'aujourd'hui peut devenir
l'homme acclamé de demain.

Je vois encore passer, dans la foule des boulevards, — qu'il y a longtemps ! — ce sec, triste et
hautain vieillard, au profil d'aigle sous d'épais
cheveux blancs, au chapeau fané, à la redingote

de pauvre. « Raté ! » murmurait-on derrière lui.
C'était Berlioz !

Celui-ci, du moins, était soutenu par la certitude de sa valeur ; et ils font peut-être encore
plus mal à voir, ceux qui, ayant échoué par
manque manifeste de talent, s'attardent et finissent piteusement dans leur art avili en métier.
Honneur au courage malheureux ! Qu'on me
coupe le poing avant que j'abaisse mon pouce
pour demander la mort du gladiateur abattu !

Je plains donc sincèrement le raté, car il est
très malheureux. Je le plains encore plus, s'il est
méchant, et mon indulgence comprend, va même
jusqu'à excuser sa rancune, son envie, tous les
mauvais sentiments que peut lui inspirer la
marche en avant de ses camarades plus méritants
ou plus favorisés ; car alors il souffre encore davantage. Mais, au nom du ciel ! qu'il se borne à
haïr ses confrères, comme un Trissotin qu'il est.
Auteur dramatique, qu'il demande la tête du bon
Sarcey ; poète, celle d'un poète plus heureux, la
mienne, par exemple. Mais qu'il ne rende pas la
société tout entière responsable de son échec.
Car elle n'y est pour rien. Et que le diable emporte l'auteur fieffé !

Si la délicieuse époque, dont nous avons bien

raison de ne pas célébrer les centenaires, devait
se reproduire en cette fin de siècle, — ce qu'à
Dieu ne plaise! — et si, comparaissant devant le
tribunal révolutionnaire, je reconnaissais, dans
l'accusateur public, certain rimeur de ma connaissance, je sais bien que mon affaire serait
claire et que je n'aurais plus qu'à me dépêcher
d'écrire un morceau dans le genre de *la Jeune
Captive,* en admettant que j'en sois capable.

Cependant, si ce nouveau Fouquier-Tinville
me faisait passer des cigarettes dans ma prison
jusqu'au moment de l'appel des condamnés, j'ai
idée que je lui pardonnerais, et, dans tous les
cas, je m'expliquerais très bien son acharnement
à me perdre.

Mais applaudir aux explosions et trouver que
Ravachol était dans le vrai, parce que les journaux où l'on paye refusent d'insérer votre « co-
pie », ou parce que toute l'édition d'un volume
de vers est encore en magasin, cela n'est vraiment pas du tout raisonnable et passe la limite
de fureur et de vengeance permise au plus exas-
péré des fruits secs.

Les ratés! Mais j'en ai connu de charmants.
Il est vrai que c'était autrefois, quand, je vous
assure, nous avions des mœurs plus douces. Pa-

reils aux soldats qui, leur congé fini, comprenant
qu'ils n'ont point le bâton de maréchal dans leur
giberne, rentrent dans leurs foyers, les braves
gens dont je vous parle se décourageaient, se ré-
signaient et retournaient chez eux. Ils y deve-
naient n'importe quoi, notaires, pharmaciens,
petits rentiers, mais, presque toujours, des
hommes très aimables. Ils avaient du goût, ache-
taient quelques meubles anciens, possédaient une
bibliothèque choisie. Ils causaient de choses in-
téressantes, évoquaient les souvenirs de leurs
années de Paris. Ils faisaient les délices de leur
cercle, l'orgueil de leur petite ville, et, trouvant
dans cette célébrité locale quelques satisfactions
d'amour-propre, ils étaient à peu près heureux et
— je le répète — de fort agréable compagnie.

Tandis que les ratés d'à présent restent à Paris
et s'acharnent à une lutte épuisante et vaine. Ils
travaillent toujours de moins en moins, — car la
fatigue se fait sentir quand même, — mais ils
continuent à se surchauffer l'imagination, à se
baratter la cervelle dans des cénacles où, à force
de théories sur l'art, la littérature, la politique, la
sociologie, on finit par dire des choses incompré-
hensibles pour les autres poètes et les autres
hommes d'État du café d'en face. Ils forment des

groupes, ne se quittent plus, toujours s'excitant, se détestant — car, entre eux, ils se détestent; — et, au bout de dix, quinze, vingt ans, — cela dépend des natures, — ces malheureux Tantales des fruits d'or du succès, aigris, névrosés, pleins de bile et de rage, rêvent d'un cataclysme, ont les cauchemars d'un Érostrate et se transforment tout doucement en petits Nérons en chambre.

Bien entendu, il serait ridicule de prendre leurs manifestations au tragique et de ne pas faire chez eux la part du paradoxe, de la pose et de la mystification. Encore une fois, il faut surtout les plaindre, mais, à coup sûr, sans espoir de les apaiser.

Hélas! A quiconque gémit : « J'ai faim! » on pourrait, je le crois fermement, par un effort de toutes les bonnes volontés, répondre toujours : « Voici du pain! » Mais que dire à cet insensé qui court sur vous, les yeux hors de la tête, et vous jette en pleine figure : « J'ai du génie! Je veux de la gloire! »

21 décembre 1893.

Les Goëlands

P ROBABLEMENT chassés par la violence des tempêtes qui ont sévi, dans ces temps derniers, sur nos côtes de l'Ouest, des goëlands, par bandes assez nombreuses, ont franchi, en quelques coups d'ailes, la distance qui sépare Paris de la mer, et ils planent en ce moment sur la Seine, devant Bercy.

Pour eux, ce n'est qu'un petit déplacement, un insignifiant voyage. Ceux de la mer du Nord viennent, chaque année, après les marées d'équinoxe, prendre leurs quartiers d'hiver sur le Léman, et ce n'est pas un des moindres charmes de

Genève, en hiver, — je m'y suis trouvé plusieurs fois, — que de suivre le large et puissant essor de ces admirables oiseaux dans le bleu froid du ciel, ou de les voir, presque familiers, se poser sur l'eau et cribler de taches blanches l'azur tendre du lac, ou même, en pleine ville, le saphir profond du Rhône torrentueux.

Exceptionnellement, les Parisiens peuvent aujourd'hui jouir d'un semblable spectacle, en allant faire un tour de promenade devant les rangées de tonneaux du quai de la Râpée. Qu'ils se hâtent d'en profiter.

Cette nouvelle, que j'ai lue ce matin dans un journal, vient d'évoquer dans ma mémoire de vifs souvenirs; car, en 1884, j'ai vécu, pendant plusieurs semaines, dans l'intimité des oiseaux de mer.

La plage de Coutainville, dans la Manche, en face des îles Chausey, est connue, dans la contrée, sous le nom de « plage des Libraires ». Explique qui pourra cette particularité; mais plusieurs éditeurs et marchands de papier imprimé, voire même pas mal de bouquinistes, sont originaires de Basse-Normandie et ont adopté ce coin de leur pays natal pour s'y reposer un peu, chaque été, avec leur famille, et prendre les bains de mer.

Ces libraires parisiens et aussi quelques bourgeois de Coutances, la ville voisine, ont donc
construit là une centaine de cabanes, ayant pour
centre une sorte de restaurant, minimum de ca-
sino, orné d'un vieux billard sur lequel on doit
ranger des pommes, en hiver. Les baigneurs
viennent, dans ce cabaret, jouer des consomma-
tions au piquet; et, parfois, rare distraction, un
escamoteur ambulant, en habit râpé et en cravate sale, y exécute d'innocents tours de cartes
et extrait classiquement de son chapeau un bou-
let de canon ou un lapin vivant.

Le lieu est, on le voit, peu mondain, même
assez farouche. Mais la plage, — une dune de plusieurs lieues de longueur, — en pente douce,
est très commode pour le bain. De plus, les enfants ont le plaisir d'y bâtir des citadelles de
sable, démolies à chaque marée.

Mon ami Alphonse Lemerre, en sa qualité de
libraire et de Bas-Normand, possède sa cabane
à Coutainville, et il me l'avait obligeamment
prêtée, à cette époque, pour une retraite de
travail. Je m'installai là, en septembre, quand
les baigneurs commençaient à déguerpir, et
j'y restai bientôt dans une solitude à peu près
absolue.

J'ai vécu alors quelques-uns des meilleurs
jours de ma vie, à faire des vers — ceux de mon
drame, *Les Jacobites* — et à me promener devant
l'Océan, dans ce désert, à peine fleuri çà et là de
chardons marins, où les mouettes, les macreuses
et les hirondelles de mer, en quantités innombrables, s'étaient habituées à ma présence, n'a-
vaient plus peur de ma vareuse rouge et se lais-
saient approcher à quelques pas. Ces charmantes
hirondelles de mer, surtout, s'inquiétaient si peu
de moi que, lorsque je passais, elles se conten-
taient de s'éloigner un peu en sautillant, et, sur
le sable, leurs pattes menues imprimaient des
milliers de petites étoiles, aussitôt effacées par
l'âpre haleine du large.

Car je sortais par tous les temps, même par
ces vents furieux qui vous brûlent la peau, vous
salent les lèvres et semblent vouloir vous arracher vos habits, et j'avais alors la joie de voir de
près les mouettes de la grande espèce, les goë-
lands, qui, comme vous le savez, ne se montrent
que par les jours de brise carabinée.

Si jamais on découvre le moyen de diriger les
aérostats, ce sera, je le crois bien, à l'aide d'un
mécanisme qui ressemblera aux ailes de cet
oiseau prodigieux. Rien de plus léger, de plus

gracieux que son vol. Ainsi doivent planer les
anges. Rien de plus puissant aussi. Aucun spectacle ne m'a donné la sensation de la force comme
celui d'un goëland qui va contre la tempête. Sur
la côte, le noroît déchaîné courbe les arbres, arrête un homme en marche; sur la mer démontée
les navires se cabrent devant la face de Borée
gonflant ses joues monstrueuses. Seul, l'intrépide
oiseau, ramant énergiquement des deux ailes,
résiste à l'ouragan, avance même par rudes se-
cousses. On n'ignore pas que, comme tous les
animaux sauvages, — et comme tant d'hommes,
hélas! — il ne fait de si terribles efforts que par nécessité, pour atteindre ou guetter quelque proie.
N'importe! L'imagination veut croire, quand
même, qu'il lutte contre les éléments, qu'il les
provoque, qu'il les brave, et qu'il éprouve, à se
sentir plus fort qu'eux, on ne sait quelle héroïque
ivresse.

J'irai revoir, dans le ciel parisien, — si ces infatigables migrateurs veulent bien y rester, — les
anciens compagnons de mes rêveries, là-bas, sur
la côte solitaire. Ils me rappelleront de nobles
heures, entièrement données au travail et à la
poésie.

Cependant, à la veille d'une année nouvelle, à

cette date où, instinctivement, tout homme qui pense ne peut s'empêcher de récapituler le passé et d'interroger l'avenir, l'arrivée extraordinaire de ces oiseaux, précurseurs de la tempête, m'apparaît — j'avoue ma faiblesse — comme un présage sinistre.

C'est un grand ridicule, je le sais, de faire le prophète, et nous ne sommes plus au temps où le peuple crédule était rempli d'épouvante quand un illuminé lui annonçait d'horribles cataclysmes, parce qu'il avait vu des chocs de cavaliers dans les nuages, ou bien une main, tenant une épée, au milieu du soleil.

Par malheur, nos sujets d'inquiétude ne sont point si chimériques. Nous avons tous le sentiment qu'un orage effroyable s'amoncelle sur nos têtes, et nous étouffons dans une atmosphère surchargée d'électricité révolutionnaire. Pour le nier, il faut être bien borné ou de bien mauvaise foi, surtout devant l'éclosion du fanatisme nouveau qu'on appelle l'anarchie. Je consens à flétrir tant que vous voudrez de tels forfaits; il ne manque pas d'épithètes dans le dictionnaire. Mais ces attentats n'en sont pas moins la preuve de l'exaspération des misérables; et je dois convenir, en honnête homme, qu'elle est excusable, car, depuis cent ans, on leur promet ce qu'on ne peut pas leur donner.

Les seules réformes qui ne seraient pas impossibles, si large que fût le sacrifice obtenu de ceux qui possèdent, si complètes que fussent les lois d'assistance et de prévoyance en faveur de ceux qui souffrent, ces réformes pacifiques, — qu'il faut quand même demander de toutes nos forces, — paraîtraient aujourd'hui insuffisantes aux prolétaires, j'en ai peur. On les a trop bernés, on leur a trop menti. Ils ont perdu leurs illusions.

Ils commencent même à se dégoûter du dernier joujou — le suffrage universel — inventé pour les distraire. Les anarchistes — je dois ce témoignage à leur esprit de logique — ne votent point.

Or, la misère sans illusion, c'est l'enfer. On a tout fait, depuis vingt ans, pour détruire ce qui restait d'espérance en un autre monde ; et ici-bas, les rêves d'égalité, de fraternité, de progrès dans le bonheur par la science, sont en train de s'évanouir. En vérité, l'état moral de ce pays — et de presque toute l'Europe, d'ailleurs — est effrayant !

Mais un optimiste, peu nerveux et qui vient de lire un journal subventionné par les fonds se-.

crets, me prend par le bouton de ma redingote et me dit :

« Vous rêvez, cher monsieur !... Les tramways circulent, la rente monte, et le ministère actuel est soutenu par une majorité solide... Vous savez aussi bien que moi qu'il y aura toujours des pauvres et que demain est fait pour ressembler à aujourd'hui... Et, vraiment, vous sentez de l'orage dans l'air ?... Ce n'est pas possible. »

Soit. Je me trompe. Mer d'huile, comme on dit à Marseille. Seulement, dans le ciel, tout là-bas, quelques petites nuées... Mais voici les goë-lands !

28 décembre 1893.

Saint François d'Assise

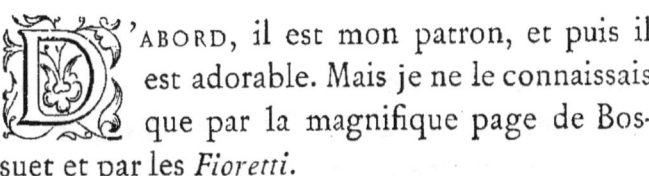'ABORD, il est mon patron, et puis il est adorable. Mais je ne le connaissais que par la magnifique page de Bossuet et par les *Fioretti*.

Avez-vous lu les *Fioretti* ? Non. Alors, courez tout de suite du côté de Saint-Sulpice, entrez dans une librairie catholique, achetez le petit volume, et, si vous avez pour deux sous de poésie dans l'imagination, vous serez ravis. C'est le bijou littéraire du xive siècle. Jamais on n'a cueilli, dans le jardin de la légende, une gerbe

plus fraîche; et de ces fleurs de rêve, poussées
sur la tombe du pauvre François, émane la plus
suave odeur de sainteté.

Oui, c'est là d'abord, c'est dans les *Fioretti*
que vous apprendrez à connaître et à aimer la
plus délicieuse personne que le monde ait connue
depuis Jésus. C'est là que vous le verrez, si pieux
et si bon, le Petit Frère, qu'en lavant les plaies
d'un lépreux impie, il guérissait en même temps
le corps et l'âme de cet infortuné; si paisible
pendant sa prière, que les petits oiseaux se po-
saient sur lui sans effroi; si charmeur, qu'une de
ses douces paroles faisait ramper à ses pieds,
comme un chien, le terrible loup de Gubbio.
C'est là que vous l'entendrez pousser un grand
cri de douleur et d'ivresse, en apercevant tout à
coup sur ses mains, sur ses pieds, sur son flanc,
les stigmates du Crucifié. C'est dans les *Fioretti*
que vous trouverez ce poème exquis, que, pour
ma part, je n'ai jamais pu lire sans que des larmes
de tendresse me vinssent aux yeux, et dont voici
la substance.

Par humilité, saint François n'avait pas voulu
devenir prêtre et était resté simple diacre. Un
jour de printemps, comme il servait la messe,
en cette qualité, dans une église en ruines et

ouverte de toutes parts, les hirondelles, qui y
avaient fait leurs nids, troublaient par leurs cris
le recueillement des fidèles. François, levant les
yeux, leur dit alors : « Hirondelles, mes sœurs,
laissez-nous célébrer en paix l'office divin. » Aussitôt, elles se turent, et, lorsque la messe fut ter-
minée, François s'adressa pour la deuxième fois
aux oiseaux : « Hirondelles, mes sœurs, c'est
à votre tour, maintenant, de célébrer la gloire de
Dieu. »

« Fables ridicules ! Contes de ma Mère
l'Oie ! » s'écrie M. Homais, tout bouillant d'une
colère voltairienne; et il ordonne à son petit
garçon de lui réciter la table de Pythagore, et de
lui affirmer énergiquement que deux et deux
font quatre, qu'ils font même cinq, quelquefois,
par exemple quand il s'agit de préparer la note
d'un client.

Hélas! je ne crois pas aux miracles. J'ai cela de
commun — et j'en rougis — avec l'odieux pharmacien. Mais je suis profondément désolé de
mon scepticisme. Qu'importe, après tout, que
saint François d'Assise ait été thaumaturge ou
non! S'il n'eut pas la marque des clous aux pieds
et aux mains, ni, sous le sein gauche, la cicatrice
du coup de lance, elle était toujours présente de-

vant sa pensée, l'image du Juste mis en croix. La
bonté infinie, la pitié universelle inondaient son
cœur; il brûlait de l'amour chrétien, le répandait
sur toutes les créatures, même sur les animaux,
nos humbles frères en souffrances, et il était toujours prêt aux supplices et à la mort, pour con-
fesser sa foi.

Voilà le véritable miracle! Voilà celui que
nous pourrions tous accomplir sur nous-mêmes!
Mais non, les Stigmates sacrés n'apparaîtront pas
sur nos cœurs desséchés par l'égoïsme, sur nos
mains qui se ferment et se crispent pour garder
un peu d'or, sur nos pieds si peu diligents à
courir vers les œuvres de miséricorde! Non, nous
ne ferons pas de miracles. Nous ne savons plus
apaiser, par de tendres discours, ce loup plein de
faim, la Misère, et, dans notre ciel bas et sombre,
nous ne savons plus appeler, d'une voix inspirée,
le peuple ailé qui plane et qui chante, les divins
oiseaux de l'idéal!

Laissons là d'ailleurs le merveilleux.

Voici un excellent livre, la *Vie de saint François d'Assise*, par M. Paul Sabatier, livre d'érudit
et de critique, puisé aux sources les plus certaines,
bourré de documents authentiques, livre d'historien, de savant, sur lequel aucun évêque, aucun

personnage ecclésiastique n'a mis son *imprimatur,*
— l'auteur est, je crois, protestant, — et qui
nous montre, baignée dans l'éblouissante lumière
de la vérité, la figure de saint François.

Je ne trouve ici, pour exprimer ma sensation,
après les pures heures que, grâce à M. Sabatier,
je viens de passer en compagnie du *Poverello,* je
ne trouve, dis-je, que le mot des bonnes femmes :
« C'est à se mettre à genoux devant. »

L'imagerie religieuse, je dois le dire, m'avait
un peu gâté mon saint François, comme elle gâte
tout, du reste. Connaissez-vous rien de plus laid,
de plus grotesque, que les plâtras badigeonnés
et dorés de la rue Bonaparte? Ils déshonorent
toutes nos églises et y proclament fâcheusement
le goût atroce du clergé. Qu'on n'invoque pas,
comme excuse, le prix peu élevé. Comme Théo-
phile Gautier, devant tout ornement inutile ou
disgracieux, je répondrais : « Pourquoi pas rien ? »
Qui ne préférerait faire ses dévotions devant
un autel en pierre et une croix de bois ? La
piété, j'en suis convaincu, ne peut qu'être of-
fensée par les couleurs criardes et le luxe canaille
de ces ridicules « bondieuseries ».

L'icône de saint François d'Assise, très répandue et très populaire, reste pourtant assez

8

supportable ; car elle offre, du moins, la reproduction — oh! bien grossière, la plupart du
temps — d'un chef-d'œuvre, de la statuette
d'Alonzo Cano, dont l'original, en bois peint,
se trouve dans la cathédrale de Burgos.

Un chef-d'œuvre, oui, mais un chef-d'œuvre
espagnol, d'un art farouche, d'un réalisme cruel.
Le saint, vêtu du froc d'étoffe brune et coiffé du
capuchon, est représenté debout, les mains ca-
chées sous les larges manches. Un pied nu dépasse
le bas de sa robe, qui, déchirée, montre un peu
de la cuisse. La corde autour des reins est une
vraie corde. Le mouvement du personnage est
simple, d'un très grand style. Mais le visage, en-
cadré par la rondeur du capuchon, épouvante.
Dans la face émaciée, ivoirine, où se flétrit une
barbe rare et jaune, la bouche s'entr'ouvre douloureuse, montrant les dents, avec une grimace
de cadavre, et les yeux, levés, d'un bleu ver-
dâtre, d'un bleu d'aigue-marine, évoquent une
idée d'agonie.

Quel est ce fakir, ce gymnosophiste hypno-
tisé ? C'est un moine fanatique, un inquisiteur
qui s'en va, de son pas de spectre, prendre un
cierge et accompagner une procession de victimes à l'auto-da-fé ! Ce ne peut être, ce n'est pas

l'humble, le doux, le tendre, mais aussi le laborieux, le vaillant, le joyeux François d'Assise!

Nous devons cette reconnaissance à M. Paul Sabatier. Il a effacé pour toujours le nom de saint François du piédouche de la figurine impressionnante, mais sinistre, d'Alonzo Cano. Grâce au livre touchant qui nous occupe, la personne du fondateur de l'ordre des Frères Mineurs reprend sa véritable physionomie. C'est sous le ciel limpide, c'est dans l'harmonieux paysage de l'Ombrie, qu'il nous apparaît, oh! sans doute, avec son admirable folie de renoncement, pauvre parmi les plus pauvres, mendiant pour eux, ne vivant que de leurs rebuts et choisissant de préférence pour asile les décombres et les léproseries; mais menant cette vie d'ascétisme avec une sorte d'ivresse; aimant et contemplant la nature, jouissant de ses beautés, les célébrant sans cesse, comme dans son incomparable *Cantique du Soleil,* où le lyrisme sacré atteint des hauteurs prodigieuses.

Il convient d'y insister; car c'est là l'enchanteresse originalité de saint François. Ce mystique est un homme d'énergie, d'activité, de belle humeur. Il fait son œuvre, gaiement, en chantant la gloire de Dieu. Son extase est du

bonheur, son âme déborde d'allégresse et
d'amour.

L'entreprise de ce grand serviteur de Jésus-
Christ fut immense. Il voulut, parmi les atro-
cités du XIIIe siècle italien, dans les plus tragi-
ques, dans les plus sanglantes heures du moyen-
âge, ramener et soumettre toutes les âmes à la
vérité du primitif Évangile, à la loi d'amour.
Être aimé de Jésus, tout est là. Quels sont ses
préférés ? Les pauvres. Soyons donc tous pauvres et servons-nous, aimons-nous comme des
frères. Tel fut son rêve, et, chose inouïe, prêchant
de parole et d'exemple, il le réalisa presque,
répandit, comme une contagion, sa démence sublime de sacrifice et de charité.

Ce qu'il fut, ses actes, ses discours, son exquise
union d'âme avec sainte Claire ; et comment il
fonda son ordre, comment Rome, stupéfaite devant tant de vertus, y vit un danger, presque un
schisme ; enfin comment le saint, en acceptant,
par obéissance, la discipline de l'Église pour son
institut, en détruisit lui-même, avec une souffrance secrète, la vraie force et l'influence dans
l'avenir, je ne puis même pas l'indiquer ici, et je
suis forcé de renvoyer les lecteurs au très émou-
vant et très beau récit de M. Paul Sabatier.

Mais je ferme le livre avec mélancolie.

Où sont-elles, les âmes de feu, où sont-ils, les grands semeurs de bonté, tels que saint François? La foi, qui les suscitait jadis, est morte. Malgré le tumulte du progrès scientifique, malgré le vacarme des machines, je n'entends, de toutes parts, que des mots de violence et de haine; et l'on ne sait qui sont les plus décourageants des repus impitoyables ou des meurt-de-faim poussés à bout. Cela donne le frisson. C'est comme un hiver moral. Ah! comme ce serait doux, un printemps des cœurs, un renouveau de fraternité parmi les hommes!

Et, la main sur les yeux, j'interroge l'horizon noir. Mais je ne vous vois pas arriver, hirondelles, mes sœurs, hirondelles de l'espérance et de l'amour!

4 janvier 1894.

Le Petit Caporal

—

Voici bien longtemps, me semble-t-il, que nous n'avons rien dit du Petit Caporal et de sa sublime épopée, qui sont, comme vous le savez, à la mode plus que jamais. C'est un tort. « Parlez-nous de lui, grand'mère. » J'ai, plus qu'un autre, peut-être, le droit d'aimer ce sujet de conversation, car je n'ai pas attendu qu'un caprice de l'opinion — qui, cette fois, par hasard, est d'accord avec le patriotisme et la justice — remît Napoléon en faveur, et je n'ai pas la moindre infidélité à me reprocher envers sa glorieuse mémoire.

J'ai lu, vous vous en doutez bien, j'ai lu, avec
un intérêt passionné, les nouveaux ouvrages
qu'on a publiés sur le grand homme, notamment
le *Napoléon et les Femmes,* de M. Frédéric Masson.

Le livre est infiniment curieux et témoigne
d'un labeur imposant. Mais l'auteur excusera ma
surprise devant son Napoléon sentimental. J'ai
quelque peine à me l'imaginer, je l'avoue, si
préoccupé par des aventures d'amour. Tout ce
que nous apprend M. Frédéric Masson est vrai,
sans doute, et consciencieusement contrôlé, mais
n'a pas dû tenir tant de place dans la pensée et
dans le cœur du chef d'État et du capitaine.

Pour être amoureux, il faut du temps, beaucoup de temps. J'en sais quelque chose. Ma
paresseuse jeunesse a perdu des mois et des
années, uniquement absorbée par l'espoir ou
par le souvenir de quelques heures rares et délicieuses. Je ne puis songer aux amours de Napoléon sans me rappeler qu'il dînait en dix minutes.

Tout en reconnaissant le mérite du beau
travail de M. Masson, je me promets de plus
viriles émotions quand paraîtra le deuxième
tome du *1815,* d'Henry Houssaye. Déjà le premier volume nous a raconté le presque fabuleux
retour de l'île d'Elbe et le vol de l'aigle « de

clocher en clocher, jusqu'aux tours de Notre-
Dame ». C'est de la narration très complète et
très vivante. Les documents y abondent sans
l'encombrer, sans arrêter l'élan du récit. Avec la
même certitude d'informations et du même train
de style, Henry Houssaye va nous dire maintenant la sanglante catastrophe de Waterloo.

J'attends le livre avec impatience, espérant
qu'il éclaircira le mystère qui enveloppe encore
les événements de cette funeste journée. Car,
malgré tant de maîtresses pages écrites sur
Waterloo, un doute, une obscurité persistent;
et, tout en constatant l'immorale victoire du
nombre dans ce grand désastre, on y sent, on y
devine une autre cause, soigneusement tenue
secrète, mais dont la croyance populaire n'a
jamais douté, — la trahison.

Il y aurait, à en donner la preuve positive,
un intérêt supérieur. Ce serait une consolation
pour notre fierté nationale de savoir que la
force brutale et la médiocrité n'ont pas suffi, ce
jour-là, pour écraser l'héroïsme et le génie.

Le personnage de Napoléon est représenté,
en ce moment, sur deux scènes parisiennes, et
son irrésistible attrait remplit, chaque soir, deux
théâtres. Je me suis dérangé pour aller voir

cela, bien que, depuis plusieurs années, je préfère en général mon coin du feu et mes pantoufles à un séjour prolongé dans cet instrument de torture qu'on appelle un fauteuil d'orchestre.

Je n'ai pas regretté mon effort. La comédie de Victorien Sardou est ingénieuse et très amusante, et les tableaux de diorama, agrémentés de quelque prose, qui se succèdent chez M. Rochard, offrent une agréable récréation. Mais je ne m'étais dérangé, bien entendu, que pour voir mon Empereur.

Le Napoléon de la Porte-Saint-Martin est de trop haute taille et « bafouille » un peu. Celui du Vaudeville, plus ressemblant, a de faux mollets, qui, lorsque tout son corps frémit d'émotion, se refusent à y prendre part et restent impassibles. C'est fâcheux, mais négligeons les détails.

Les deux comédiens ont du mérite et font de leur mieux. M. Garnier, coiffé du chapeau et drapé dans la redingote légendaires, M. Duquesne, en culotte courte et portant l'illustre habit vert des chasseurs de la garde, ont su, l'un et l'autre, me donner, pendant quelques instants, l'illusion que j'étais en présence de Napoléon lui-même. Je leur en exprime ici ma vive gratitude.

Néanmoins, dans les deux pièces, une chose m'a déplu. L'Empereur parle trop. Assurément, Sardou est le plus habile homme du monde, M. Laya n'est pas du tout maladroit, et ils n'ont mis dans la bouche de leur impérial protagoniste que des paroles très vraisemblables. Mais, tout de même, cela ne rappelle que de loin les improvisations enflammées, les jets de volcan du *Mémorial*.

Je dirai toute ma pensée. Napoléon est trop près de nous, trop bien connu, trop « historique », pour être heureusement mêlé à des fictions romanesques. Ses moindres mots ont été recueillis. La mémoire de tous ceux qui l'approchèrent — et il était rarement seul — se transformait, pour ainsi dire, en phonographe. On a couché par écrit ses moindres propos; nous les savons par cœur, et si, dans une œuvre d'imagination, on lui prête un discours qu'il n'ait pas tenu, nous sommes choqués.

Est-ce le charme du lointain dont je suis dupe? Mais il me semble que les drames militaires de l'ancien Cirque, où je me suis tant de fois, dans mon adolescence, enivré de l'odeur de la poudre, offraient au public, avec plus de vérité, sinon avec autant d'art, la figure de l'Empereur. Il y

avait une intrigue quelconque, à laquelle il ne
se mêlait qu'à peine, tout au plus pour accomplir un acte de souverain, faire justice, récom-
penser un trait de bravoure, donner la croix à
quelque grognard. Le fond de la pièce, c'étaient
les batailles, où il apparaissait à cheval, dans un
nuage de fumée, et criait, au milieu du tumulte,
quelques mots que tout le public connaissait, une
phrase ou deux extraites des immortels bulletins.

Ni Taillade, ni Maurice Coste — je suis trop
jeune ou je ne suis pas assez vieux, comme vous
voudrez, pour avoir vu le fameux Gobert —
n'étaient, au point de vue plastique, tout à fait
satisfaisants dans le rôle de Napoléon. Mais quand
l'un ou l'autre de ces acteurs entrait en scène,
sanglé dans l'uniforme d'Arcole ou campé sur la
selle cramoisie d'Austerlitz, oh! fichtre de fichtre!
quelle émotion, des fauteuils au paradis!

Non, mes souvenirs ne me trompent pas. On
n'entourait pas alors la grandiose figure de tous
ces détails, jolis peut-être, mais assez mesquins,
que j'appellerai les bibelots de l'histoire. On
n'eût pas montré l'Empereur se disputant en
patois corse avec ses sœurs ou faisant des crêpes
chez Marie-Louise. Si l'on rappelait une anecdote, elle était héroïque, soit qu'il prît le fusil

du voltigeur endormi pour monter sa faction,
soit qu'il écartât brusquement le chef de pièce
pour braquer lui-même le canon de Montereau.

Un des tableaux de la pièce de M. Laya, où
l'on voit l'Empereur passer la revue de ses gre-
nadiers, est dans cette note-là. C'est de beaucoup le meilleur, et il produit un effet considérable.

Franchement, n'en avez-vous pas assez, comme
moi, du Napoléon des mémoires intimes et des
papiers secrets? Seriez-vous vraiment très satisfaits d'apprendre qu'Achille a subi l'infortune
de Sganarelle? N'est-ce pas bien fané, l'Iliade
mise en opéra-bouffe?

Feuilletez, je vous prie, les images, spirituellement naïves, de l'album de MM. Job et de
Marthold, le *Grand Napoléon des Petits Enfants*.
Vous trouverez là, je vous assure, des vérités
plus essentielles sur l'Empire, que dans tous les
in-octavo posthumes dont nous sommes bom-
bardés.

Le sentiment public me donne raison. Il revient, purement et simplement, à l'épopée impériale, qui a, sur tous les racontars, la supériorité
d'être vraie. Car personne n'est absolument sûr,
après tout, que Joséphine ait eu des bontés pour

un nommé Charles, tandis que la bataille d'Iéna
est un fait incontestable.

Ah! ne cherchons pas à la rapetisser, à l'al-
térer, à la détruire, l'épique et merveilleuse légende! Elle est notre plus précieux patrimoine.
Je dirais même, plus vulgairement, — car je me
méfie du style soutenu, — que le plus beau de
notre nez en est fait. A quoi devons-nous l'alliance russe? A des sympathies, à des intérêts
communs, à notre position géographique. Soit.
Mais aussi à notre réputation militaire, à nos
anciennes victoires. De quel chiffre, s'il vous
plaît, Napoléon en a-t-il grossi le total?

Il est clair que les Français, tout en se repre-
nant de passion pour leur Empereur, ne songent
nullement à partir du pied gauche pour bouleverser, à coups de canon, la carte d'Europe. Seulement, ils s'ennuient. Le présent est triste, l'avenir
inquiétant. Pour la plupart des riches, pas d'autre
idéal que de conserver leur bien, et chez un trop
grand nombre de misérables, le désir de s'en
emparer par la violence. Tous sont absurdes, les
uns de ne pas aller au-devant de sacrifices qu'on
leur arrachera quelque jour, les autres de rêver
on ne sait quel communisme barbare. Et les gens
de bon sens et de bonne volonté, qui savent

bien qu'on ne remplacera jamais le 14 Juillet par la Saint-Ravachol, mais qui souhaiteraient quand même un peu moins d'iniquité dans l'état social, ont le cœur navré de dégoût et de découragement.

Quelquefois, ils se consolent un peu en se retournant vers le glorieux passé, ils y cherchent un motif d'espérance. Si, pourtant, il surgissait, tout à coup, l'homme d'action, le justicier, le Chef!...

L'autre jour, dans un étalage de bric-à-brac, boulevard Montparnasse, j'ai retrouvé, en un cadre brisé, toute jaunie par les taches d'humidité, la gravure populaire qui représente un petit fantassin croisant la baïonnette vers la poitrine de l'Empereur.

C'est bien doux, la liberté, mais c'est bien hideux, le désordre dans les mœurs et dans les lois!... Et l'on se demande si, aujourd'hui, en reconnaissant le Petit Caporal, la sentinelle, au mépris de sa consigne, ne lui présenterait pas les armes.

11 janvier 1894.

L'Agonie d'un Singe

UJOURD'HUI, si vous le permettez, nous parlerons d'autre chose que de l'anarchie et des anarchistes; car, vraiment, c'est un entretien dont nous sommes excédés. Il est probable, à cette heure, que Vaillant aura la vie sauve, et c'est un sport d'adopter la petite Sidonie. « Voilà qui va des mieux », comme on dit dans l'ancien répertoire; et je n'ai pas besoin d'ajouter que je suis personnellement pour la clémence et pour la pitié.

Seulement, je vous avouerai franchement que je n'envie pas le sort de M. Carnot. A la pro-

chaine explosion, — et il y en aura d'autres, vous
savez, il faut nous habituer à danser au son de
cette musique-là, — à la prochaine bombe, dis-je,
je ne le vois pas blanc, cet homme si noir. S'il a
fait grâce à Vaillant, on lui reprochera d'avoir en-
couragé l'audace des dynamiteurs, et s'il s'est
montré rigoureux, on l'accusera de les avoir exas-
pérés. Charmante, la vie politique! A la place de
M. Carnot, je me rappellerais *le Meunier, son Fils
et l'Ane,* et je n'écouterais que mon bon cœur.
Mais, grâce au ciel, je ne suis pas président de la
République! Je ne prends même pas le chemin
qui mène à ce poste quasi royal, ayant l'année
dernière décliné les honneurs du Conseil municipal dans la commune où je passe l'été.

  Cependant, le vent est à l'élégie, et la presse
qui, tous ces jours-ci, a versé tant de larmes at-
tendrissantes, en a même répandu quelques-unes
sur Max, l'orang-outang du Jardin d'Acclimata-
tion, accablé de douleur, paraît-il, par la mort de
son camarade Maurice. Si Max a recueilli, comme
c'est assez probable, le dernier soupir de son
compagnon, son émotion et sa tristesse sont bien
légitimes; car rien n'est plus dramatique et plus
lugubre que l'agonie d'un singe.

  Lisez, si vous désirez vous donner cette sensation macabre, les admirables pages sur la mort de Vermillon, dans la *Manette Salomon* des Goncourt. Pour moi, le hasard m'a permis par deux fois de voir un singe moribond, et je vais essayer de vous raconter le dernier de ces deux navrants souvenirs.

Il y a quelques années, un jeune gorille de trois ou quatre ans arriva du Gabon à Paris et fut hospitalisé au Jardin des Plantes. J'y courus en toute hâte, ainsi que je le fais toujours lorsqu'on me signale quelque bête curieuse à voir. J'avais d'ailleurs l'imagination très montée sur les gorilles.

Je savais que le navigateur carthaginois Hannon, qui franchit les colonnes d'Hercule et serra la côte d'Afrique jusqu'au Cap Vert, avait rencontré et tué quelques-uns de ces monstrueux quadrumanes, en les prenant pour des sauvages, et que leurs dépouilles avaient été suspendues, comme des trophées, dans le temple de Moloch. Mais c'était surtout dans le livre de Du Chaillu, l'intrépide explorateur du Continent Noir, que j'avais lu de merveilleuses histoires sur le gorille.

J'avais appris là qu'il conservait la même femelle pendant plusieurs années, qu'il avait au plus haut degré l'amour de ses petits, et qu'il était, par conséquent, le fondateur du mariage et de la famille, dans la société des singes. Du Chaillu ne tarit pas sur l'intelligence et le courage du gorille. Il raconte que l'énorme anthropoïde, poursuivi par les chasseurs, s'enfuit d'abord avec sa femme et ses enfants, les met à l'abri dans quelque cachette, puis, rassuré sur le sort des siens, revient sur ses pas, tout seul, pour combattre et pour mourir. Soyons de bonne foi, beaucoup d'hommes n'en feraient pas autant.

Vous avez vu sans doute, au Muséum, — et si vous ne l'avez pas vu, allez le voir, — le moulage de la tête du gorille que le Jardin Zoologique de Londres posséda quelque temps. C'est le diable en personne. Callot lui-même, dans *la Tentation de saint Antoine,* n'a pas atteint cette horreur dans le fantastique. Ne menez pas là vos enfants; ils en auraient pour plusieurs nuits de cauchemar. Il est impossible d'imaginer une créature d'un aspect plus effroyable et plus féroce.

En allant au Jardin des Plantes rendre visite au jeune gorille nouvellement débarqué, je m'attendais donc à reculer, tout d'abord, d'épouvante. Quelle ne fut pas ma surprise? Adam, — c'était le nom dont la facile ironie des carabins avait baptisé la pauvre bête, — Adam s'offrit à

ma vue sous les traits d'un petit nègre d'une douzaine d'années, très décemment assis sur son derrière, qui drapait avec peine sur ses membres
grelottants une couverture de laine et dont les
yeux bruns se tournaient vers moi, pleins de douceur et de mélancolie.

Un petit nègre, vous dis-je! Au visage très
écrasé, soit. Avec quatre mains et du poil sur tout
le corps, je vous le concède. Mais sans le plus
petit bout de queue, s'il vous plaît! Et avec un
regard si douloureusement fraternel, une physionomie si humaine et si poignante, que j'en eus
un battement de cœur !

L'étudiant en sciences naturelles, qui faisait la
présentation, voulut bien alors m'expliquer que
le gorille, tant qu'il n'est pas adulte, reste extrêmement doux et conserve cette figure débonnaire. Mais, quand il atteint ses six ans, âge de
sa puberté, il se transforme, pour ainsi dire. Son
crâne se porte en arrière et semble s'aplatir; son
mufle se développe, devient proéminent; ses yeux
s'enfoncent et roulent furieusement sous une ar-
cade profonde; sa gueule s'ouvre, menaçante et
armée de crocs hideux. En quelques mois, le
presque gentil négrillon se métamorphose en un
monstre formidable.

Pour le moment, j'étais en présence, je le répète, d'un négrillon, à la tête parfaitement ronde,
offrant un angle facial à peu près humain. Mais,
hélas! sous notre climat maudit, — on était en
plein hiver, — il agonisait, le négrillon, il mourait de froid, malgré les couvertures et le voisi-
nage d'un gros poêle. Souvent secoué d'un frisson, le front plissé de rides soucieuses, il semblait
m'implorer du regard, me demander secours.
Oh! qu'il avait l'air misérable! Je me penchai
vers lui, je caressai sa tête velue, je pris sa main
fluette; elle était glacée.

« Oui, phtisique, dit l'étudiant, répondant à
mon coup d'œil de pitié. Dans quelques jours, ce
sera fini... La même chose pour les orangs, pour
les chimpanzés... On ne peut pas en acclimater
un seul, des singes de la grande espèce. Et il n'y
a que le gorille de Londres et celui-ci qui soient
arrivés vivants en Europe... A peine a-t-on le
temps de les observer. C'est dommage. »

Et, comme je demandais :

« Qu'est-ce qu'on pourrait lui donner qui lui
fît plaisir ?

— Il n'a plus guère d'appétit, reprit mon in-
troducteur en tirant de la poche de son veston
une pomme et un couteau. Enfin, essayez. »

Et j'offris à Adam, avec toute la bonne grâce dont je suis capable, un joli quartier de pomme.

Le singe, alors, accomplit un acte extraordinaire. Il étendit vers moi son bras droit, présentant sa main levée du côté de la paume, les doigts écartés, et il fit le signe négatif, le signe du refus. Oui, positivement! Le geste classique, le geste d'Hippocrate repoussant les largesses d'Artaxercès, dans le tableau célèbre!

Je sortis de là très troublé; et peu de jours après, les journaux m'apprirent la mort du gorille.

Quoi de plus inquiétant que la ressemblance de l'homme et du singe? Est-il un ancêtre, un troglodyte attardé? Est-il, au contraire, un homme déchu, retombé dans l'animalité pure? Les nègres africains disent, avec une inconsciente malice, que les singes sont des hommes comme eux, mais qui se gardent bien de parler, pour qu'on ne les force pas à travailler; et, à l'heure qu'il est, un Américain, fort savant personnage, passe sa vie, caché dans les forêts du Brésil, à observer les anthropoïdes et cherche à découvrir, dans leurs ricanements et dans leurs cris, un langage articulé.

Comme ces miroirs, convexes ou concaves,

qui reflètent nos traits hideusement déformés et
pourtant reconnaissables, le singe, presque toujours obscène et malfaisant, nous offre de nous-
mêmes une parodie ignoble, mais saisissante, et
de là vient sans doute le sentiment de malaise,
mêlé de répugnance et de curiosité, que sa vue
nous inspire. Il est certain que bien des hommes
sont presque semblables à lui, tant leurs visages
sont bestialisés par leurs passions et par leurs
habitudes ; et nous rencontrons par les rues
nombre de gens qui, bien que dépourvus de
mains inférieures et n'ayant pas une queue pre-
nante qui se balance entre les basques de leur redingote, font penser tout de suite à de réels
mandrilles, à des sapajous véritables et à des ba-
bouins authentiques.

Quelquefois, marchant parmi la foule, — dans
le quartier de la Bourse, par exemple, où les faces
simiesques abondent, — cette idée folle m'a tra-
versé l'esprit, que je n'aurais qu'à acheter un litre
de marrons et à les jeter par poignées sur l'as-
phalte, pour voir quelques-uns de mes contemporains, soudain repris par un instinct préhisto-
rique, tomber à quatre pattes pour les ramasser
et les enfouir vivement dans leurs abat-joues.

Je plaisante. Mais ce n'en est pas moins un

mystère redoutable que l'âme obscure des animaux, et que cette lueur d'humanité qui brille
parfois dans leurs yeux. Le Roi de la Création, si
dur et si cruel parfois pour les êtres inférieurs,
qui ont reçu cependant l'étincelle sacrée de la
vie, n'ose se poser cette question, se pencher sur
cet abîme. Pour moi, j'en ai senti le vertige devant
l'agonie du petit gorille, au Jardin des Plantes; et
sa nostalgie d'exilé, son regard de souffrance et
de misère, son geste, surtout, son geste de refus
et de découragement, m'ont, pendant une minute, empli le cœur d'une compassion infinie et
— je ne crains pas de le dire — fraternelle.

18 janvier 1894.

L'Avant-Courrière

L'AFFICHE de *l'Avant-Courrière* qui tapisse en ce moment les murailles de Paris, n'attroupe guère les passants, me semble-t-il, et le mouvement en avant vers l'émancipation politique et sociale de la Femme ne sera pas beaucoup accentué, j'en ai peur, par cette orgie de papier jaune. Les réformes demandées par *l'Avant-Courrière* sont pourtant des plus modérées. Mais le nom seul de la nouvelle association indique qu'elle se promet d'être plus exigeante dans l'avenir, et je crois bien que les « législateurs français », comme dit l'affiche, ont de la méfiance. Il ne s'agit, pour le moment, que de concessions insignifiantes, surtout en matière de législation commerciale ; mais les réclamantes montrent déjà le bout de l'oreille, et leur pensée de derrière la tête, c'est, évidemment, l'égalité des droits entre les deux sexes.

On va peut-être me trouver bien révolutionnaire. Mais je me pose tranquillement la question et je me réponds : « Pourquoi pas ? »

Oh ! je sais les objections. La femme n'a pas le don d'invention, manque de « génie », dans le sens latin du mot. Elle est plus passionnée, moins équitable que l'homme. Il lui est interdit, par sa constitution physique, de défendre son pays les armes à la main, de naviguer, de participer aux plus rudes travaux de l'agriculture et de l'industrie, etc.

J'écarte d'abord la question de la puissance intellectuelle ; car, pour choisir un conseiller municipal ou pour siéger aux prud'hommes, il ne me paraît nullement nécessaire d'avoir le cerveau d'un Homère ou d'un Pythagore, d'un Shakespeare ou d'un Newton. Si la femme montre dans les circonstances graves — je veux bien l'admettre — moins de calme et de justice que nous, elle nous surpasse, sans con-

teste, par la bonté, par l'élan du cœur. Quant à
ses fonctions sociales, pour être différentes des
nôtres, elles ne sont pas moins essentielles; et
les devoirs de la maternité peuvent très bien être
mis en balance avec les plus pénibles travaux du
cultivateur, du marin et du soldat.

Du côté de la barbe est la toute-puissance,

gronde ce terrible bourgeois d'Arnolphe. Mais
comment l'exerçons-nous, aujourd'hui, et quel
est notre droit le plus imposant et le plus sacré?
D'écrire un nom sur un bulletin, de plier ce
papier en quatre et de le fourrer dans une
espèce de boîte à sel. A la fin de l'opération, le
couvercle saute, et, pareils à ces diables en chif-
fons, mus par un ressort à boudin, dont s'amusent
les petits enfants, se dresse M. N'importe-Qui,
presque toujours une médiocrité, quelquefois un
saltimbanque ou un fripon. Ah! nous n'avons
pas à être si fiers de nos choix! Qui sait si les
femmes n'auraient pas la main plus heureuse?

Du reste, je suis bien tranquille. Ce n'est pas
pour demain, le vote du beau sexe. Garde à
vous, francs-maçons et mangeurs de prêtres! Si
les dames allaient, demain, au scrutin, je parie
pour une Chambre pleine de soutanes.

Plaisanterie à part, il me semble que, dans bien des cas, la consultation des femmes serait excellente. Si elles avaient joué un rôle, en ces derniers temps, dans la vie publique, elles se seraient franchement abandonnées, j'en suis convaincu, au courant de pitié qui emporte en ce moment tant de cœurs et contre lequel nous sentons, chez nos maîtres, malgré leurs hypocrites protestations, une résistance si égoïste et si dure. Dans la préparation des lois d'assistance et de prévoyance en faveur des prolétaires qu'on se décide enfin à mettre à l'étude, les avis féminins ne seraient-ils pas précieux ?

Tout le monde est d'accord pour accuser la charité officielle d'être mal faite par une administration insensible comme une machine. Là, par exemple, l'influence de la femme pourrait heureusement s'exercer. Ses mains douces et légères savent, en effet, mieux que les nôtres, panser les plaies, toucher aux blessures. En présence du redoutable problème de la misère, nous plaçons d'éminents économistes — c'est l'épithète obligée — qui commencent par faire de la statistique et dresser des tableaux à accolades.

Ce n'est pas suffisant; si la femme s'en mê-

lait, elle apporterait, dans l'Assistance publique,
un élément nouveau : la sensibilité. Car, seule,
elle sait secourir délicatement, sans offenser le
pauvre, toujours ombrageux et susceptible. Où
nous n'apportons qu'une aide matérielle, qu'une
aumône toute sèche, elle ajoute un peu d'émotion, donne avec son louis ou son écu le bouquet de violettes de son corsage, embrasse l'enfant malade, fait grand bien aux infortunés par
une larme de compassion, un sourire d'encoura-
gement.

Je suis plein de respect — oh! comme je les
respecte! — pour les élus du hasard de la four-
chette, autrement dit du suffrage universel. Mais
vous ne m'ôterez pas de la caboche que, pour
ce qui intéresse la vieillesse et l'enfance abandonnées, d'honnêtes femmes, de bonnes mères
de famille légiféreraient avec beaucoup plus de
compétence et de bonne volonté que l'Homme-
Canon ou M. Wilson.

L'affiche de l'*Avant-Courrière* réclame, quant
à présent, comme je l'ai dit, un peu plus de
liberté, pour la femme mariée, dans les transac-
tions commerciales. Je me garderai bien de me
lancer sur une question à laquelle je n'entends
goutte. Mais, ce que je sais bien, — pour l'avoir

mille fois constaté, — c'est que la femme, dans le commerce parisien, et, principalement, dans le commerce en boutique, est toujours la plus utile des associées et, très souvent même, fait à elle seule presque toute la tâche. On ne dira jamais assez combien les boutiquières de Paris mettent, au service de l'entreprise dont leur époux est censément le seul maître, de labeur, d'intelligence, d'activité, de finesse et de bonne grâce.

Il n'est point rare que le mari, tout en restant le patron nominal, mais comprenant qu'il n'est pas du tout indispensable, accepte son infériorité, se contente d'une besogne de détail, ou même — pourvu qu'il soit enclin au *far-niente* — se désintéresse tout à fait de son commerce.

J'ai connu un papetier qui passait toutes ses après-midi et toutes ses soirées à tripoter des cartes ou à brasser des dominos à l'estaminet, tandis que sa femme dirigeait son établissement avec beaucoup de courage et de zèle.

« Elle me reproche d'aller au café, disait-il naïvement ; cependant, c'est mon seul plaisir. »

Et comme la pauvre papetière, si mal secondée par ce videur de bocks, ne réalisait, malgré ses efforts assidus, qu'un assez médiocre chiffre de bénéfices :

« Et l'on prétend, s'écriait-il avec conviction, qu'on fait facilement fortune dans le commerce... Eh bien ! voilà vingt ans que je travaille
comme ça, et je n'ai pas encore de quoi me retirer à Joinville-le-Pont. »

Dans certaines professions spéciales, où la
femme est seule patronne, l'homme devient alors
un être absolument parasite. C'est un type parisien assez remarquable à cet égard, par exemple,
que l'époux d'une couturière ou d'une modiste
qui gagne bien sa vie. Quelquefois — pas souvent — il est occupé, au dehors, par un petit
emploi dont il garde le produit pour ses menues
débauches. Mais, la plupart du temps, il ne fait
rien, ou presque rien. Il tient les livres de sa
femme, prépare les factures, tout au plus.

C'est toujours un homme aimé pour lui-même,
un joli garçon, un miroir à ce que vous savez.
Trop beau pour rien faire, il est pareil au lys de
l'Écriture. Sa femme, qui a du goût et qui est
très élégante, veut qu'il soit bien mis, lui aussi,
qu'il lui fasse honneur, et il porte des cravates
irrésistibles.

Il est plein de prestige aux yeux des ouvrières,
qui disent « Monsieur » en parlant de lui. Il
exerce, dans ces jeunes cœurs, de secrets ra-

vages. « Madame », sans doute, est jalouse, et le surveille. Mais elle est si occupée ! De temps en temps, il subjugue une apprentie. Quand la patronne s'en aperçoit, ah ! il y a une scène à tout casser !

« Faites votre paquet, petite malheureuse ! »

Mais elle est du peuple, la patronne. Elle ignore les longues rancunes, et il sait si bien l'enjôler. Elle finit par s'attendrir, excuse même le scélérat. « Il est si bel homme ! » Et elle lui pardonne les trottins.

Être mari de modiste ! Vivre, comme un pacha, dans un harem de grisettes, adoré de la Validé ! Quel rêve ! Par malheur, le rôle est un peu ignominieux.

Me voilà loin des revendications de l'Avant-Courrière. Mais, bah ! j'ai dit ce que je voulais dire, et j'ai exprimé mon estime et ma sympathie pour ces femmes courageuses, pour ces femmes de tête et de devoir, comme on en rencontre à chaque pas, dans Paris. Entre nous, je crois bien que celles dont je parle ne se soucient guère de politique. Si le sexe enchanteur était admis à voter, une belle fruitière que je sais bien négligerait peut-être de se faire inscrire sur la liste, et une jolie épicière de ma connaissance

serait capable d'oublier l'heure de la fermeture
du scrutin, pour servir un client qui viendrait lui
acheter une livre de pruneaux.

D'ailleurs, j'y pense. Au cas où ma fruitière
et mon épicière auraient des passions électo-
rales, elles pourraient, dès à présent, les assouvir,
sans qu'il fût besoin pour cela de bousculer
notre Constitution. N'ont-elles pas leurs époux,
qui m'ont l'air de simples maris de la Reine? Je
jurerais que ces dames les mènent par le bout
du nez.

21 janvier 1894.

Une Tête coupée

U<small>N</small> assez ennuyeux accident de santé m'est arrivé. Je viens d'être, non pas dangereusement, mais très douloureusement malade, pendant quelques jours, et je suis encore, à présent, selon le mot du bon peuple, un peu patraque. D'ailleurs, je ne compte plus mes indispositions, et je pourrais dire comme Voltaire : « Je suis né tué. »

Je ne fais pas ici cette confidence pour qu'on me plaigne. La destinée m'a si doucement traité à tant d'égards que je juge équitable de payer ainsi mon tribut à la loi de nature, à la souffrance.

On s'y habitue, d'ailleurs, et, pour ma part, j'y
suis résigné. J'ai eu une enfance et une jeunesse
maladives. L'âge mûr me trouve encore valétu-
dinaire. Sans attacher à la vie plus de prix qu'elle
ne vaut, j'accepte d'avance, si Dieu me l'accorde,
une vieillesse de pot fêlé.

Est-ce mon état de convalescence qui me rend,
aujourd'hui, singulièrement impressionnable?
Mais, devant mon feu, plongé dans le fauteuil
d'Argan, en tête-à-tête avec ma tasse de tisane,
je n'ai pu lire le récit de l'exécution de Vaillant
sans une émotion profonde, et le bruit sourd de
ce coup de guillotine m'a terriblement secoué le
cœur.

Je n'ai pas besoin de m'expliquer de nouveau
sur le compte des anarchistes. Leurs théories me
paraissent imbéciles, leurs forfaits abominables,
et ces Thugs du monde civilisé me font horreur.
Si sincère que soit ma compassion pour les misérables, si porté que je sois à l'indulgence pour
leurs actes de désespoir, je frémis d'indignation
devant ces fous furieux qui tuent pour tuer et
frappent au hasard.

Je comprends que la société, dans ces circonstances extrêmes, se sente non seulement le droit,
mais le besoin absolu de se défendre et de sévir.

Elle ne fait, après tout, que répondre à la terreur
par la terreur. Qu'on ne s'y trompe pas. Les
anarchistes — inconsciemment, si l'on veut, et
aveuglés par d'absurdes doctrines — sont les pires
réacteurs qu'on ait jamais vus. Les premières
victimes de leurs explosions sont la clémence et
la liberté. Le fameux « geste » du compagnon
qui jette une bombe est celui d'un semeur de
haine et de servitude.

Je sais tout cela. Néanmoins, la pensée de cette
tête d'homme coupée, lundi matin, au petit jour,
sur la place de la Roquette, m'est insupportable.
Ce n'est pas raisonné, c'est nerveux, instinctif,
c'est le recul machinal devant une flaque de
sang. Soit. Mais je ne puis songer à ce décapité
sans une affreuse angoisse.

Je ne croyais pas à l'exécution. D'abord, il
n'y avait pas eu, en somme, de victime frappée à
mort, et c'était, depuis longtemps, l'usage de ne
point punir avec la dernière rigueur un crime
avorté. Puis, ce crime, si terrible qu'il fût par
l'intention, était désintéressé, né d'une idée abs-
traite. Le passé de l'homme, son enfance abandonnée, son existence si dure, plaidaient aussi en
sa faveur. Dans la presse indépendante, des voix
généreuses avaient supplié pour lui, très haut et

avec éloquence. « Courant d'opinion tout littéraire, » ont dit quelques-uns, assez dédaigneuse-
ment. C'est, au contraire, l'honneur des hommes
d'art et de pensée d'avoir exprimé, une fois de
plus, leur dégoût devant l'échafaud. Enfin, dans
mes entretiens avec toutes sortes de gens, j'avais
cru sentir une détente, un mouvement vers la
pitié. Bref, j'étais persuadé qu'on ferait grâce.

Celui dont elle dépendait s'est cru forcé d'être
implacable. C'est, j'en suis persuadé, après des
heures de sombres réflexions, après une lutte
cruelle entre sa raison et sa sensibilité, qu'il a renoncé au droit si précieux d'épargner une vie humaine pour obéir stoïquement au redoutable
devoir de punir. Personne n'a qualité pour juger,
dans cette circonstance, le chef de l'État. Il ne
relève que de sa conscience.

Mais devant cette pâle et lamentable tête dans
le panier de son ensanglanté, il est permis de
songer aux conséquences du fait accompli. J'ai
peur qu'elles ne soient funestes.

« Il fallait un exemple, » me crie quelqu'un en
faisant la grosse voix.

Peut-être?

Oui; pour le vulgaire bandit, pour le rôdeur
des sinistres banlieues, pour l'assassin qui « dé-

gringole un pante » dans les solitudes subur-
baines, oui, c'est possible, la guillotine est un
épouvantail; et, malgré l'horreur qu'elle m'inspire, je veux bien admettre son effroyable
utilité.

Et encore, est-ce bien sûr? On voit mal ce qui
se passe dans ces âmes de ténèbres. Sur certains
de ces monstres, — hélas! à plaindre, eux aussi,
car ils ont été conçus dans l'accouplement du vice
et de la misère, — sur quelques-uns, la terrible
Veuve exerce, au contraire, on ne sait quelle mystérieuse fascination. Ne leur promet-elle pas, le
jour où elle leur tendra ses bras rouges, le jour
de l'expiation, une hideuse gloire, un ignoble
triomphe?

Dans tous les cas, je le crois fermement, la
crainte de la peine de mort est sans effet sur les
fanatiques.

Après avoir lu, dans plusieurs journaux, les
détails sur l'exécution de Vaillant, je suis demeuré
tout pensif. Je me le suis imaginé, bombant sa
poitrine sous les cordes, marchant d'un pas
ferme, bandant sa volonté, concentrant toute son
énergie, et, les yeux levés vers le couteau, jetant
enfin à la société son cri de malédiction; et, malgré moi, un autre spectacle a surgi brusquement

dans mon esprit. J'ai vu un groupe d'hommes et
de femmes se pressant les uns contre les autres,
au milieu de l'arène oblongue du cirque, sous les
milliers de regards de la foule, tandis que, de tous
les gradins de l'immense amphithéâtre, montait
cette clameur formidable : *Ad leones !* et que, là-
bas, les belluaires ouvraient la cage des bêtes
féroces.

Oh! pardonnez-moi, sublimes chrétiens des
âges de persécution, vous qui mourûtes pour affirmer votre foi de douceur, de sacrifice et de
bonté, pardonnez-moi de penser à vous devant
ces hommes sombres, qui vont vers leur impossible et triste chimère à travers le meurtre et le
massacre ! Mais, dans les yeux de l'anarchiste
marchant à la guillotine, il y a — ô douleur ! —
la même flamme d'intrépide folie que dans vos
yeux, vierges saintes, que dans vos yeux, martyrs
et confesseurs !...

Certes, il n'y a rien de commun entre vous et
cet homme. Vous attendiez les lions, en chantant
un hymne de paix, une prière d'amour. Vaillant,
lui, s'est jeté sous le couteau, avec un hurlement
de haine, en criant vengeance.

Qui donc oserait cependant affirmer que le
courage de ce fanatique n'exaltera pas d'autres

fanatiques et que sa mort ne sera pas bientôt vengée?

« Qu'importe? — me répondent des bouches où grondent la peur et la colère. — OEil pour œil! A quiconque rêve le retour à la barbarie, appliquons la loi de la barbarie, l'inflexible talion! »

Hélas! nous en sommes là. Après chaque marmite infernale lancée sur la foule innocente, la société prendra désormais par l'oreille une tête tondue de guillotiné et la jettera aux anarchistes comme un défi sanglant; et, dans le tumulte des cris de rage et de fureur poussés de toutes parts, on n'entendra plus les rares voix qui voudraient encore parler de réconciliation et de miséricorde. Voilà où ils nous ont menés, les imposteurs politiques, les flagorneurs du peuple, les mendiants de votes, les prometteurs de Paradis sur terre, après un demi-siècle de suffrage universel et plus de vingt ans de République!

Sois content, Joseph de Maistre! Le bourreau est toujours le premier dans l'État, et l'édifice social n'a pour base que les quatre dalles de l'échafaud!

8 février 1893.

Maxime Du Camp

Sur l'*Annuaire de l'Institut* la liste des membres de l'Académie Française occupe trois pages. Il y a dix ans à peine que j'ai l'honneur de siéger parmi les Immortels, et déjà mon nom est presque tout en haut de la deuxième. Notre *Annuaire* est, pour nous, d'une lecture très mélancolique. Je n'ouvre jamais ce nécrologe sans me murmurer la lugubre formule de salutation des Trappistes: « Frère, il faut mourir! » La Mort, en biffant aujourd'hui sur le feuillet le nom de Maxime Du Camp, me fait encore monter d'un cran sur

la liste des Quarante. Me voici le dix-huitième.
Sinistre et trop rapide avancement! Je me ras-
sure tant que je peux, sans doute, en songeant
à l'âge vénérable de nos doyens. Mais, c'est égal,
un académicien ne devrait jamais ouvrir son
Annuaire. Ce petit volume n'est bon que pour
les candidats.

La nouvelle, très inattendue, de la mort de
Maxime Du Camp, m'a très péniblement affecté,
car, bien que je n'eusse fait sa connaissance personnelle qu'au moment où je me présentai à
l'Académie et où je lui rendis la visite d'usage,
nous nous étions liés, depuis lors, d'une sympathie sincère. J'ai été aussi très surpris d'apprendre
qu'il eût déjà soixante-douze ans. Car, à l'exception de sa surdité, il n'y avait en lui aucune
apparence de vieillesse.

Il avait été un très beau et très élégant cava-
lier, et le temps, tout en laissant tomber quelques flocons de neige sur sa barbe noire et
fourchue, ne l'avait pas dégradé. Droit comme
un peuplier, portant beau, l'œil vif, le sourire
affable, la main cordialement tendue, il offrait
une physionomie à la fois mâle et gracieuse,
dont la séduction était vive.

Je le vois encore, dans nos séances, assis aussi

près que possible du bureau et enveloppant parfois de la main son oreille, pour ne rien perdre
de ce qu'on disait. Il jetait souvent son mot,
toujours franc, et qui, parfois même, semblait
brutal, étant données les habitudes de politesse
raffinée qui sont le charme et l'originalité de la
Compagnie, et qu'elle a mille fois raison de
maintenir.

Mais Du Camp était un passionné. Preuve de
sa persistante jeunesse.

Pour défendre son avis, il trouvait tout de
suite la phrase hardie, l'expression pittoresque.
Et, comme il était très aimé de tous, ses coups
de boutoir ne choquaient pas, faisaient sourire
au contraire, et faisaient réfléchir. Dans une discussion trop prudente, trop enveloppée de cour-
toisie, devenant obscure, il apportait brusquement la lumière crue d'une opinion directe,
vraiment personnelle. Il disait ce qu'il pensait.
C'était ce que son ami, le grand Flaubert, appelait « faire l'homme saoûl ».

La vérité est une grande force. En définitive,
c'était presque toujours à Du Camp qu'on donnait raison.

Sa vie fut aventureuse — et très laborieuse
aussi. Phénomène assez rare. Il a été un homme

à bonnes fortunes, un grand voyageur, un soldat, un curieux de toutes les sensations, de
tous les spectacles, et, de plus, un écrivain très
fécond, un bourreau de travail. Il était de ces
énergiques qui, réveillés sous la tente par le
froid d'une nuit au désert, couvrent les pages de
leur calepin, à la lueur d'une bougie, ou qui
écrivent après la bataille, éclairés par le feu du
bivouac.

Je crois bien qu'il aima surtout à vivre, qu'il
rechercha, partout et toujours, l'action. Au
moins jusqu'à l'âge mûr, la pensée et la plume
ne lui suffirent pas. Il prenait plaisir à se rappeler ses souvenirs militaires et cette expédition
des Mille, où il fit bravement le coup de fusil,
dans l'héroïque bande commandée par Garibaldi.

A plusieurs reprises, la politique l'avait tenté.
Adversaire de l'Empire absolu, dans ses articles
de la *Revue de Paris,* dont il était un des fonda-
teurs, et qui fut violemment supprimée, il se rallia
à l'Empire libéral, et, en 1870, la déclaration de
guerre fut, dit-on, la seule cause qui l'empêcha
d'être nommé sénateur.

N'oublions pas que, à cette époque, Paradol
acceptait une ambassade, et que Thiers et Gui-

zot, ces deux ennemis de toujours, se réconci-
liaient et unissaient leurs efforts pour assurer —
eux, vieux orléanistes — l'élection d'Émile Olli-
vier à l'Académie Française.

La volte-face de Maxime Du Camp me semble vénielle. J'en tirerai néanmoins cet enseigne-
ment : Artistes et poètes, mes amis, nous avons
le droit de nous plaindre et de faire la grimace
si la cuisine politique qu'on nous sert est dégoû-
tante ; mais ne grossissons pas le nombre des
gâte-sauce. Le métier est trop salissant. *Et nunc
erudimini.*

L'œuvre de Du Camp, remarquable à bien
des titres, est imposante par la masse du labeur.
Assurément, plus d'un de ses livres a déjà péri.
L'arbre a quelques branches sèches. Jeune poète,
il tenta vainement — comme plusieurs autres —
de parler de science en vers et de dégager la
poésie des chemins de fer et des usines. Qui se
souvient des *Chants modernes ?* L'oubli est plus
injuste, qui couvre, mais d'où l'avenir tirera
peut-être les *Mémoires d'un suicidé ;* car bien des
pages en sont brûlantes de passion. Mais l'ouvrage intitulé : *Paris, ses organes, ses fonctions et
sa vie,* est certainement fait pour durer.

Ils sont innombrables, ceux qui comprennent,

qui admirent, qui aiment Paris. Ils sont rares, ceux qui le connaissent. Maxime Du Camp l'a étudié, vu de ses yeux, décrit, du tréfonds de ses égouts jusqu'au faîte de ses édifices. Et il n'a pas seulement donné de tous les aspects extérieurs de Paris un tableau complet et magnifique; il l'a pénétré jusqu'à l'âme et il en a analysé la vie morale et intellectuelle. La prodigieuse Cité est là tout entière, avec ses splendeurs et ses hontes, son génie et ses misères, ses travaux et ses plaisirs, ses vertus et ses infamies.

Le *Paris* de Maxime Du Camp demeurera, et il n'y a qu'un mot qui définisse bien un tel livre. C'est un monument.

Tout le monde a présente à l'esprit la haine que la plupart des républicains avaient vouée à Maxime Du Camp pour ses travaux sur la Commune. L'ancienne « chemise rouge » était devenue bête noire. Pour ma part, je m'en étonne encore à l'heure qu'il est; car les *Convulsions de Paris* ont été écrites en partie d'après nature, et toujours d'après les documents les plus sûrs et les mieux contrôlés. Il est, en vérité, stupéfiant de voir d'honnêtes gens et de bons Français se solidariser, par passion politique, avec les auteurs d'une guerre civile absolument sans excuse, puisqu'elle éclata en présence de l'ennemi victorieux.

Mais tel est l'esprit de parti. Il y a eu une amnistie pour les coupables. On n'a jamais pardonné au témoin qui avait dit la vérité.

Notez que, quand je dis les coupables, je veux bien admettre les circonstances atténuantes, la folie obsidionale, la fureur contre l'Assemblée monarchique. Je m'indigne des répressions féroces. Mais le crime n'en reste pas moins le même. On s'est entr'égorgé sous les yeux des Prussiens. Pour moi, qui place la patrie avant tout, peu m'importe que les Fédérés aient sauvé la République, puisqu'ils ont, dans ce temps-là, déshonoré la France.

Quant au livre de Du Camp, son grand tort, je le répète, était d'être véridique. On ne pouvait le réfuter; on prit le parti d'injurier l'auteur. Je ne veux qu'une preuve de l'impartialité de l'historien. Il traite mieux les hommes de la Commune qu'ils ne se traitent eux-mêmes. En veut-on un exemple? J'ai lu le volume de Vésinier; il accuse tout le monde de trahison. Or, c'est par les *Convulsions de Paris* que je sais qu'il y eut des hommes purs et intègres dans la Commune et que Jourde, notamment, fut d'une probité admirable.

Maxime Du Camp, qui était très brave, levait les épaules devant toutes ces insultes. Il en est désormais à l'abri. La tombe a cela de bon qu'on n'y entend plus les paroles injustes et stupides.

Celui qui s'y couche aujourd'hui fut un homme de talent, d'étude, de savoir et d'honneur. Qui donc ne souhaiterait pour soi-même l'épitaphe qui est justement due à Maxime Du Camp :

« Il a beaucoup travaillé. »

10 février 1894.

Avec les Poètes

Les heures de la convalescence sont lourdes et monotones. Une fatigue fiévreuse vous accable. Le goût et l'odorat sont altérés. Au repas, l'aile de poulet a un goût de cendre, et, si l'on essaie de fumer, la cigarette sent le foin.

Ce malaise s'augmente aujourd'hui pour moi d'une tristesse noire, car je songe au nouveau crime anarchiste, à l'explosion de l'Hôtel Terminus. On ne sait plus que penser ni que dire. Il semble que la civilisation recule. Évidemment, à l'instant où j'écris, bien des fous fanatiques

applaudissent en secret à cette tentative de massacre; et le journal du soir que je viens de parcourir — un journal libéral et ordinairement modéré — en arrive à préconiser la loi de Lynch!...

Loin de moi, ces horreurs! Je veux, pour ce
soir au moins, en purger mon cerveau. Qu'on
me donne un népenthès, un opium qui me pro-
cure de beaux rêves! Justement, j'ai là les livres
récents de plusieurs poètes. Ce sont des conso-
lateurs. Pour quelques heures, je prétends vivre
pour eux et avec eux. Qu'ils enchantent ma langueur de malade et qu'ils bercent ma douleur
de citoyen!

Voici d'abord l'*Ésope* de mon bien-aimé et si
regretté maître Théodore de Banville. C'est une
délicieuse comédie, digne sœur de *Diane au bois*
et de *Déidamia*, où le cher lyrique, une fois de
plus, s'est plu à rajeunir une vieille fable par
une inspiration et une forme tout à fait modernes. La Muse de Banville — il croyait à la
Muse autant qu'un fervent catholique croit à la
Sainte Trinité — m'apparaît comme une de ces
figures de femmes dont le svelte corps se dresse
dans les étroits bas-reliefs de la Fontaine des
Innocents. Les déesses qui peuplent l'œuvre de
ce mythologue seraient plus volontiers sculptées

11

par Jean Goujon que par Praxitèle. J'ai retrouvé
dans son *Ésope* cette union de la pureté antique
et de la grâce ornée de la Renaissance.

C'est le dernier ouvrage du poète. Mais Banville n'a pas connu la vieillesse. Il eut ce don suprême de conserver jusqu'à la fin l'enthousiasme
de l'esprit et l'ingénuité du cœur. Aucune trace
de décadence dans cette fantasque fiction, qui
nous montre le pauvre esclave de Phrygie, bossu
et contrefait, devenu le ministre tout-puissant du
roi Crésus et aimé de la belle Rhodope. Jamais
l'imagination de Banville ne fut plus éclatante,
sa langue plus riche et plus limpide, son vers
plus souple et plus harmonieux. Le rôle d'Ésope
est particulièrement admirable. J'y rêverais Co-
quelin, avec son art très sûr de composition et
sa voix de cuivre.

Pourquoi cette charmante comédie n'a-t-elle
pas été jouée? Sans doute, ce n'est pas une pièce
à intrigue tricotée, à ingénieuses et mesquines
combinaisons. N'y a-t-il donc plus de public capable de supporter deux heures de lyrisme et de
rêve? Je n'en crois rien. Hélas! l'auteur n'est plus
là pour s'occuper de son œuvre, voilà tout. Tel
est le monde du théâtre, où il faut dépenser plus
de démarches et de paroles pour la représenta-

tion d'une fantaisie rimée qu'il n'en a fallu pour
la signature des Préliminaires de Léoben, et où,
pour réussir, le poète doit avoir deux hommes
en lui, celui qui fait les vers et celui qui fait les
courses.

Je veux espérer, malgré tout, qu'un impresario
aura la bonne inspiration de monter l'*Ésope* de
Théodore de Banville, et nous donnera la joie
d'acclamer sa douce mémoire.

Les vers de Banville sont des oiseaux de lumière, de blanches colombes. Aussi, le contraste
est-il vif, quand, après avoir admiré leur libre vol
en plein azur, on regarde les *Chauves-Souris*, de
Robert de Montesquiou, faisant palpiter leurs
ailes de cuir dans le ciel du soir, et profilant leur
sinistre silhouette sur le sanglant crépuscule.
Vous venez de respirer des roses de juin, largement épanouies et encore humides de rosée, dont
l'auteur des *Cariatides,* en bon jardinier qu'il est,
vous a offert une grosse botte; et tout à coup, le
Chef des odeurs suaves vous introduit dans une
serre surchauffée, où la migraine vous étreint les
tempes, où les parfums capiteux vous oppressent
et vous troublent; et alors, avec beaucoup de
cérémonie, il vous présente, l'une après l'autre,
ses orchidées monstrueuses, ses fleurs empoison-

nées ou même quelque plante de cauchemar, hideusement carnivore, et qu'on ne parvient à nourrir qu'en lui attrapant des mouches.

Je n'exagère pas. La sensation est bien celle-là.

Aimez-vous le rare, le tarabiscoté, le bizarre et l'artificiel? En ce cas, lisez les *Chauves-Souris*, lisez le *Chef des odeurs suaves*. Je vous promets des voluptés infinies. Car — ne vous y trompez pas — Robert de Montesquiou est un artiste en vers d'une habileté incomparable. A tous les raffinements parnassiens il sait allier les complications décadentes; son vocabulaire est d'une opulence prodigieuse; et pour être furieusement maniérée, son « écriture » — comme on dit à présent — n'en est pas moins très savante et souvent exquise.

Mais c'est sa façon de penser et de sentir qui est surtout extraordinaire. Sa nature consiste à n'être pas naturel. On peut ne pas aimer son originalité, mais elle est incontestable. Il est un excentrique, il n'est pas un poseur. C'est sans aucun effort, j'en suis persuadé, que, pour dire : « Nicole, apportez-moi mes pantoufles », il trouverait sur-le-champ deux allitérations et une rime époustouflante.

Il est resté l'étrange jeune homme que j'ai

connu, il y a bien des années déjà, et qui, mé-
content que le gardénia de son habit fût inodore,
y versait quelques gouttes d'une essence de par-
fumerie. Mais pour rien au monde il n'eût mis
à sa boutonnière quelques violettes ou un œillet.
Une fleur qui aurait senti bon tout naturellement
lui aurait paru d'une vulgarité à soulever le
cœur.

Cependant je me rappelle que, dans ce temps-
là, il manifestait pour toute publicité une répugnance insurmontable. Un jour qu'il m'avait lu
quelques-uns de ses poèmes et que, les jugeant
très intéressants et de la plus spéciale curiosité,
je l'engageais à faire gémir la presse :

« Non, me répondit-il avec une jolie imperti-
nence. Si jamais je me décide à publier mes ouvrages, il n'en sera tiré que treize exemplaires,
douze pour quelques esprits d'élite... et un pour
la foule. »

Robert de Montesquiou a eu bien raison de
renoncer à cette aristocratique et dédaigneuse
résolution. Le voici à la mode. Les moins sympa-
thiques sont contraints à l'estime devant ce gen-
tilhomme qui a tant travaillé, car son œuvre est
déjà très considérable; et ses vers comptent un
grand nombre d'admirateurs, parmi lesquels je ·

m'inscris bien volontiers, après avoir fait mes ré-
serves.

Car, il faut que j'en convienne, dussiez-vous
me traiter de fétide bourgeois et de philistin ré-
pugnant, je donnerais toutes ces jolies choses
pour une chanson de pâtre, patoisée, ponctuée
d'apostrophes, mais où une larme tremblerait au
bout de la rime, comme une goutte d'eau au
bout d'une feuille, après la pluie. Vous me connaissez, d'ailleurs, et vous savez que je préfère le
plein air à l'atmosphère étouffante de l'hôtel
Rambouillet, et les papillons des champs aux
éventails des précieuses.

Pour retrouver un peu de nature et de simplicité, j'ai, fort heureusement, sous la main deux
poètes de terroir, Eugène le Mouël, qui a cueilli
en Bretagne sa *Fleur de Blé noir,* et François Fabié,
dont les *Voix rustiques* nous apportent l'écho du
pays cévenol. Ils me sont chers, ces deux-là, car
ce sont des âmes sincères, car ils aiment et chantent leur pays. Ils me charment également, et je
ne sais, vraiment, auquel des deux musiciens
donner la préférence, tant le biniou de le Mouël
a de tendresse mélancolique, tant le flûtiau de
Fabié a d'agreste âpreté. Virtuoses — et virtuoses
accomplis — ils le sont l'un et l'autre, mais par

la grâce de l'instinct, à la façon du rossignol.
Qu'ils restent fidèles au sol natal, les poètes amis,
qu'ils continuent à promener leurs rêveries et à
murmurer leurs poèmes, l'un au bord de la mer
ou à travers la lande, l'autre dans ses forêts et
dans ses montagnes. C'est cette heureuse variété
d'inspiration qui fait la richesse et la beauté de
notre littérature nationale. Il faut des fleurs de
toutes les provinces pour la parure poétique de
la France.

Mais il ne faut pas trop de fleurs. Il ne faut
pas médire surtout d'une fine poularde d'Ambé-
rieu arrosée de vin du Rhône. N'est-ce pas, Gabriel Vicaire ?

En voilà un qui n'est pas à sa place! Car,
tandis que la critique se bat les flancs et tâche de
s'exciter pour toutes sortes de tentatives pédantes
et prétentieuses, c'est à peine si je lis de loin en
loin, accompagné d'un maigre éloge, le nom
du délicieux auteur des *Émaux bressans* et de la
Légende de saint Nicolas. Il a un grand tort, c'est
vrai, par le temps qui court. Il parle une langue
pure et claire comme l'eau des cressonnières ou
comme les yeux de sa blonde. Et puis — autre
infériorité! — tout, dans son aimable génie,
amour de la tradition, grâce légère, naïveté mali-

cieuse, mélancolie vite dissipée, pointe d'épicu-
réisme, tempérament à la fois sensuel et sentimental, rhythmes dansants, refrains de chansons,
tout est français, — français comme un vieil or-
meau de nos grands chemins! Pour le moment,
nous cherchons un Lamartine islandais ou un
Victor Hugo bulgare, et nous n'avons pas le
temps de remarquer que Gabriel Vicaire est un
des plus savoureux poètes de chez nous.

Vous en qui palpite l'âme des aïeux, lisez bien
vite *Au bois joli*, le dernier recueil de Gabriel Vicaire. Vous l'y retrouverez tout entier, mais un
peu changé cependant, sans avoir rien perdu de
ses séductions. Plus qu'autrefois, sa fantaisie se
teinte de rêve, son imagination se peuple de ma-
giques chimères. Un soir, ce bon vivant a pénétré
dans la forêt shakespearienne, il y a rencontré la
Reine Mab, il en est tombé amoureux, et si, au
retour, il s'assied encore sous la tonnelle, à la
porte du cabaret, il ne prend plus la taille de la
servante et il reste pensif devant son verre plein,
croyant voir la fée qui lui sourit dans un rayon
de lune.

Enfin, je vous ai gardé, pour la bonne bouche,
Auguste Dorchain, jeune et filial ami. A chaque
page de votre nouveau volume, *Vers la Lumière*,

j'ai reconnu votre âme si délicate et si douce,
votre âme veloutée, si j'ose dire. Vous nous la
livrez, et vous nous confiez en même temps votre
modeste et noble existence d'étude, de recueillement et de bonheur intime, dans l'admirable
pièce intitulée *Préceptes*. Les jeunes gens qui se
destinent à vivre pour l'art et pour la pensée devraient les apprendre par cœur, ces tercets à la
triple rime. En ce poème médullaire, aux vers si
fermes et si purs, est promulguée la bonne loi.
Qu'ils l'acceptent, les jeunes artistes, dans sa ré-
confortante austérité, et qu'ils n'existent, comme
vous le faites, que pour un grand idéal et un
grand amour.

Dans une heure douloureuse, j'ai exprimé le
souhait inavoué de bien des cœurs en écrivant
ce vers :

Avoir le même amour pendant toute la vie.

Ce désir est réalisé pour vous, mon cher enfant. Et cet amour, dont vous êtes comme enveloppé, exalte votre ivresse lyrique, chasse devant
son souffle le pessimisme et l'ironie et conserve
en vous le précieux trésor des illusions. Il vous
conduit vers les hautes et consolantes pensées.

C'est en pressant dans votre main une main fidèle que vous allez vers les sommets, conduit
par une étoile dont vous cherchez sans cesse le
reflet dans des yeux adorés. C'est cet amour qui
donne à vos vers une suavité racinienne et qui
fait de vous un touchant et profond poète de
l'espérance, de la tendresse et de la pudeur.

15 février 1894.

Petites Gens

P AS encore bien solide et pesant un peu
sur ma canne, je me suis tout de même
laissé séduire, dimanche dernier, par
le beau soleil, et j'ai fait une promenade dans
mon quartier, qui est assez excentrique, et tout
proche de la banlieue. Le temps était vif et gai.
Un vent froid. Beaucoup de lumière. Notre Midi
a quelquefois de pareilles journées, quand se lève
le mistral. Un très grand nombre de promeneurs
gobait, comme moi, l'oxygène sur le boulevard
Montparnasse et sur le boulevard des Invalides.
En général, du petit monde, mais s'étant mis sur

son trente-et-un, ayant fait toute la toilette qu'il pouvait, à cause du dimanche et en l'honneur du ciel clair.

J'ai retrouvé avec plaisir les arbres de mes boulevards, dépouillés par l'hiver, mais en qui la sève est en plein travail. Bien que jeunes, ils sont pour moi d'anciennes connaissances. Je les ai vu planter, à l'état de manche à balai, il y a vingt-deux ans, après la guerre, quand je suis venu loger par ici. Ils ont grandi, tandis que je vieillissais. Sans doute, ils ne me font pas encore oublier leurs prédécesseurs, les ormes géants qui dataient de Louis XIV, et qu'on a, bêtement et inutilement, coupés pendant le siège. Pourtant, les voici déjà grands garçons, et, depuis quelques étés, ils donnent un assez bel ombrage.

Au fond, il est un peu mélancolique de voir des arbres se développer et s'épanouir sur son chemin accoutumé. On s'imagine qu'ils vous reconnaissent, eux aussi. Peut-être parlent-ils de vous, dans le murmure de leurs rameaux !

« Eh! eh!... Mais il se démolit, ce monsieur. Quand nous n'étions que des baliveaux adolescents et qu'on nous a installés ici dans une armature de fer, il marchait d'un pas relevé, et quelquefois, en été, par les nuits d'étoiles, il avait au

bras une jeune personne en chapeau fleuri...
Maintenant, il va tout seul, comme un sage,
regarde à ses pieds et ne fait plus le moulinet
avec son jonc... Fini de rire, mon bonhomme! »

Pour ne plus penser à ces diables d'arbres, qui
doivent être des blagueurs, en leur qualité de
parisiens, je me suis mis à observer la foule.

Elle était charmante.

Oh! du tout petit monde, je le répète. Mais si
propre, si décent, dans ses habits des jours de
fête. Il y avait là, isolés, allant par groupe ou en
famille, des employés de bureau, des commis de
magasin, de modestes commerçants ayant fermé
boutique, des ouvriers aussi, mais de ceux qui
travaillent et qu'on ne rencontre pas chez le
« troquet » ou dans les réunions publiques. On
en trouve encore beaucoup, vous savez.

Vous les voyez d'ici, mes promeneurs. Vous
la connaissez, cette vieille dame, entre ses deux
filles à pourvoir. Un peu mûres, les pauvres
demoiselles. Hélas! ni dot, ni beauté. Vous l'avez
rencontré bien des fois, ce jeune couple, dont
l'union promet d'être très féconde, le papa de
vingt-cinq ans, tenant par la main une toute
petiote en chapeau à panache, et la maman —
en robe bien simple, l'air maladif, pas plus grosse

qu'une mauviette — poussant devant elle la voi-
ture d'osier, dans laquelle un énorme nouveau-né
suce son hochet. J'espère qu'ils sont bien asti-
qués et tirés à quatre épingles, ces trois calicots,
avec leur chapeau numéro un et leurs gants de
chevreau à trois soixante-quinze ! Et leur camarade, le maréchal des logis de hussards, a-t-il
assez bon air avec son dolman bleu, son pantalon en drap d'officier et son galon d'argent ?
Tiens, voilà le photographe de la rue du Cherche-
Midi ! Toujours sa barbe de fleuve et son feutre
à la Rubens. Mais le regard d'un brave homme ;
et comme il est fier de se promener avec son
rhétoricien ! Eh ! pas si vite, les deux sœurs ! Vous
savez, celles qui tiennent le magasin de deuil.
Laissez-nous voir un peu vos jolis visages de
brunes aux yeux bleus. A la bonne heure, le
charpentier, — oui, celui qui a mis sa belle
redingote et son large pantalon de velours tout
neuf. — C'est très bien, cela, de porter ce gros
bébé de trois ans sur l'épaule ; car elle ne paraît
pas bien forte, votre bourgeoise en bonnet de
linge et en gants de filoselle. N'allez pas, d'après
ses grosses moustaches, prendre ce vieux monsieur décoré pour un ancien militaire. Il attend sa
retraite, comme sous-chef à la Caisse d'épargne.

En vérité, tous ces passants font plaisir à voir. Rien que des figures d'honnêtes gens.

« Il n'y a pas de bourgeois innocents, » grommelle l'*anarcho* dans sa cachette, tout en tripotant ses produits chimiques et en chargeant de mitraille une vieille boîte de thon mariné.

Et, l'un de ces dimanches, le féroce logicien bombardera, par amour de l'humanité, ces dames à l'église, au moment de la distribution du pain bénit, ou ces messieurs au café, en train de brasser les dominos.

Oui, cette pensée me hantait, en flânant à travers la foule si aimable des petites gens de Paris. Car, je vous l'avoue, ils m'intéressent tout autant que les prolétaires. Que leurs vêtements bien brossés et leur linge blanc d'aujourd'hui ne vous fassent pas illusion. Beaucoup d'entre eux, petits boutiquiers, pauvres commis, presque toujours chargés de famille, ont une existence aussi étroite, aussi précaire que celle des ouvriers. Leur gain n'est guère supérieur à celui de l'artisan, et ils sont obligés à des dépenses qu'il ignore. Il leur faut sacrifier le bien-être à la tenue. Un méchant complet de la *Belle Jardinière* coûte plus cher et est moins confortable qu'une blouse sur un tricot. Et puis, ils n'ont pas le fonds d'insou-

ciance du « populo », ni son vice excusable, —
on doit tout dire, — qui lui permet de trouver
la consolation et l'oubli au fond d'une bouteille.

Très à plaindre, lui aussi, ce petit monde. Je
le connais bien. J'ai vécu, dans ce milieu-là, toute
mon enfance et toute ma jeunesse. Je sais par
quelles angoisses on y passe, en songeant à l'é-
chéance ou au loyer. Pour être moins apparente
et garder quelque pudeur et quelque dignité, la
misère y est aussi dure que chez les manœuvres.
Sous la pendule du « salon », il y a souvent,
comme au taudis, dans le tiroir de la table, des
reconnaissances du Mont-de-Piété. Madame sort
avec un gentil chapeau; mais, chez elle, c'est une
ménagère en camisole, qui fait elle-même ses
savonnages.

Prenons garde de ne nous attendrir que sur
les misérables aux mains noires. On croirait
qu'elles nous font peur et que nous nous demandons si c'est de la poudre verte qu'elles ont sous
les ongles. Ayons aussi de la pitié pour les pauvres honteux, — je m'exprime mal, — pour les
pauvres fiers. Elles ont les mains propres, les
mères de famille de la petite bourgeoisie, et aussi
leurs filles, qui montent en graine, ne se marient

pas et restent sages. Mais sous leurs gants du dimanche les doigts sont criblés de piqûres.

Braillards de clubs populaires, réclamez la journée des « trois huit ». Il ne s'en soucie point, ce pauvre papa en paletot râpé, qui se rase à la chandelle, en hiver, court donner une leçon avant d'aller à son ministère et tient des livres, le soir, pour que ses deux grandes aînées ne manquent pas de bottines et que son garçon finisse ses études.

Et savez-vous pourquoi, camelots de la politique, ces petites gens dont je parle sont, en définitive, moins malheureux que vos dupes, que ces travailleurs que vous excitez sans cesse? Leurs privations sont à peu près les mêmes. Mais ils ne vous écoutent pas et ils vous méprisent. Leur bon sens et leur cœur droit protestent contre vos boniments. A la misère qui les menace ils se contentent d'opposer d'admirables vertus, l'ordre, la sobriété, le sentiment profond de la famille. La plupart, esprits traditionnels, imitent leurs père et mère, s'efforcent d'inspirer de l'honneur à leurs fils, et à leurs filles un peu de piété. Et tous, contre les duretés du sort, sont armés de la sagesse suprême : la résignation.

Jamais autant que l'autre jour, en circulant

parmi les groupes endimanchés, je ne me suis
senti de sympathie pour cette population parisienne, si simple, et ordinairement si bonne, si
douce. J'éprouvais une véritable joie de la voir
jouir d'un repos bien gagné.

Puis, tout à coup, je me suis rappelé la hideuse
parole de l'anarchiste : « Il n'y a pas de bourgeois innocents. »

Et je l'ai vu, par l'imagination, au milieu de
ses victimes futures, le fou sanguinaire, fils de
l'Orgueil et de l'Envie, le dernier-né des démo-
craties niveleuses. Impitoyable, il cachait son
engin de mort sous ses haillons, et, dans ses
yeux fixes de monomane, éclatait la pensée
atroce de Caïn, le rêve fratricide du pauvre qui
va tuer des pauvres!

22 février 1894.

Discours académiques

Dans la dernière élection de l'Académie Française, les partisans d'Émile Zola ont fait un grand effort, sans obtenir, hélas! un progrès bien sensible. J'ai voté fidèlement pour l'auteur des *Rougon-Macquart*. Mais tout en déplorant le rigoureux ostracisme qui interdit au maître romancier l'accès de la fameuse Coupole, je ne cacherai pas le plaisir que m'a causé le succès de l'excellent poète José-Maria de Heredia, mon ami depuis près de trente ans, mon vieux et cher camarade de la bande lyrique du Parnasse.

Comme j'avais l'honneur de présider la Compagnie lors de la mort de M. de Mazade, à qui Heredia succède, c'est moi qui, d'après l'usage, serai chargé de répondre à son discours de réception. Ce jour-là, je l'appellerai « monsieur » gros comme le bras, puisque la tradition l'exige, et cela me fera même un drôle d'effet. Mais je préviens loyalement d'avance les amateurs de mots malicieux et d'épigrammes. Qu'ils ne tourmentent point l'aimable M. Pingard pour assister à cette séance. Ils seraient volés. Puisque le hasard, bienveillant pour une fois, m'accorde la joie de souhaiter la bienvenue à un poète, je le ferai en toute cordialité. Je me contenterai de lui parler de l'art des vers, dont le noble souci a rempli sa vie et la mienne, et je ne ménagerai pas l'éloge à ses admirables *Trophées*.

Ah ! si, par un caprice tout différent du destin, j'avais été mis en présence de quelque personnage officiel et solennel, d'un gros bonnet de la politique, par exemple, j'aurais peut-être été capable de ne pas résister à la tentation de lui offrir quelques bonbons au chicotin roulés dans le sucre académique.

Mais non. Pas même. Je me calomnie; car j'estime, par principe, que cette habitude de taquiner le récipiendaire est peu hospitalière et fâcheuse. Cela rappelle — toutes proportions gardées — les brimades de Saint-Cyr, quand le conscrit trouve sur son lit toutes les paires de bottes de la chambrée, ou les tortures infligées au « nouveau » dans un atelier de peinture, quand les camarades l'obligent d'abord à monter tout nu sur le poêle et à raconter ses premières amours.

Ce qu'on peut pardonner, en somme, aux imberbes rapins de l'École des Beaux-Arts et aux jeunes cadets de l'armée, ne devient-il pas tout à fait choquant chez des hommes qui ont passé depuis longtemps cet âge heureux et féroce? Quoi de plus niais, de plus ridicule, notamment, que les épreuves maçonniques?

Non que je compare, grand Dieu! ces brutalités aux coups d'épingle lardés dans l'habit vert du nouvel élu, aux gouttes d'eau bénite empoisonnée dont on le baptise. A l'Institut, les cruautés restent toujours délicates. Le vieux lettré ressemble au chat. Il en a la grâce et l'apparente câlinerie; mais parfois — prenez garde! — des griffes inattendues sortent de la patte de velours. On se croit caressé; tout à coup, voilà qu'on saigne.

Mœurs de mandarins. Les choses doivent se passer à Pékin, dans l'Académie des Mille-Pinceaux, tout comme au bout du pont des Arts.

D'ailleurs, on a un peu changé tout cela. Nous ne reverrons plus, grâce au ciel, de séances douloureuses comme celle de la réception d'Alfred de Vigny, où un fonctionnaire, aujourd'hui totalement oublié, se permit d'outrager un grand poète. L'ombre de Royer-Collard — de ce terrible Royer-Collard, de qui Sainte-Beuve disait avec une fureur comique : « Personne ne lui a jamais rivé son clou ! » — ne se dresse plus parmi nous, drapée dans sa longue redingote de doctrinaire, comme une statue de la mauvaise humeur. De plus en plus on comprend, à l'Institut, que le sourire donne du charme aux barbes grises.

Lisez les réponses adressées par les directeurs aux derniers récipiendaires. Ce sont des modèles de bonne grâce et d'urbanité.

Sans doute, la critique n'y abdique pas tous ses droits. Un éloge sans réserve, dans la bouche de celui qui parle au nom de l'Académie, serait une double maladresse. D'abord, le discours paraîtrait fade et monotone. Puis, en disant à son nouveau confrère : « Vous êtes parfait, » l'auteur semblerait sous-entendre : « Nous sommes tous parfaits, ici. »

Or, la modestie n'est pas l'ordinaire vertu des corps constitués. Voyez plutôt ce qui a lieu dans les assemblées politiques, quand le président prend la parole au nom de la collectivité. Ce ne sont que grossières flagorneries. L'Académie, conservatoire de la mesure, du tact et du bon goût, doit éviter cet écueil. Quand on abuse de l'encensoir, l'église empeste.

Nous avons pris, depuis quelques années, à l'égard des nouveaux venus, un excellent parti, me semble-t-il. Nous leur témoignons une bienveillance sans aveuglement. Nous leur donnons de la louange sans flatterie. Nous expliquons nos choix au public, nous ne les lui imposons pas. Et nous faisons bien ; car l'histoire du quarante et unième fauteuil est là pour nous prouver que nous ne sommes pas infaillibles.

Quant aux airs de hauteur, aux mielleuses impertinences, aux sucres d'orge à l'absinthe d'autrefois, c'est bien fini.

Cependant, si je n'ai qu'à féliciter nos directeurs de leurs récentes harangues, je n'en dirai pas autant de quelques-uns des derniers discours de réception prononcés devant l'Académie. Car

c'est maintenant le récipiendaire qui se montre
dédaigneux, agressif, ou perfide, et quelquefois
même aux dépens du défunt dont il a le devoir
de faire l'éloge.

N'est-ce pas le monde renversé ?

Celui-ci, croyant être agréable à la Compagnie, — et se trompant fort, — fusille sans pitié
son concurrent malheureux ; celui-là, avec beaucoup d'art et d'éloquence, démolit méthodique-
ment la gloire de son prédécesseur ; cet autre
expédie son « mort » en quelques phrases et
passe à des considérations à peu près étrangères
au sujet.

Certes, le nouvel académicien, reçu en séance
solennelle, a le droit de parler en toute indé-
pendance, et l'on n'exige pas de lui un panégy-
rique outré du confrère disparu. Je ne sache pas
de milieu où la liberté des opinions soit plus
respectée que parmi les Quarante. Plusieurs fois
désigné par le sort pour siéger dans la commission qui entend les discours en première lecture,
j'ai constaté avec quelle discrétion scrupuleuse,
avec quelle politesse exquise, on se bornait à y
présenter aux orateurs deux ou trois observations
de détail, et toujours dans leur intérêt.

Ce qu'on attend surtout du néophyte, ce sont

quelques pages de belle prose, c'est le « chef-
d'œuvre », la pièce de maîtrise des anciennes
corporations, c'est ce que certains vieux professeurs appellent encore un « morceau ».

Bon ! Mais encore faut-il que cet exercice de
rhétorique soit consacré au défunt et à ses mérites. La tradition est là, elle est précieuse, elle
date de la vieille France; et, pour ma part, je
regretterais fort qu'elle s'altérât et se perdît. Eh !
messieurs les candidats, un peu moins d'impatience. Ce « mort » vous est indifférent ou anti-
pathique; vous ne le considérez pas comme un
« beau mort ». Eh bien, attendez une autre va-
cance. Rien n'est plus facile que de ne pas se
présenter à l'Académie Française.

Mais une inquiétude me vient. On va peut-être
s'imaginer que je suis déjà préoccupé de la façon
dont sera tournée, un jour ou l'autre, mon orai-
son funèbre. De grâce, ne me prêtez pas ce ridicule.

Lorsque je vois un récipiendaire à la mode
nouvelle traiter son prédécesseur par-dessous la
jambe, je ne me dis point, pareil au personnage
de Gavarni qui voit passer un ivrogne : « Voilà
comme je serai dimanche. » Je suis plus raisonnable. Je me moque absolument des éreinte-

ments posthumes, trop heureux si l'on veut bien me ménager à peu près de mon vivant. Sur les bords du Phlégéthon, j'en suis certain, on ne se soucie plus de toutes ces vanités.

D'ailleurs, je les juge déjà à leur juste valeur, et j'admire plus que jamais l'Ecclésiaste. Si l'on me demandait, aujourd'hui, de rédiger mon épitaphe, je crois bien que je me contenterais de modifier — et très peu — le célèbre distique de Piron :

> *Ci-gît François, qui ne fut rien...*
> *A peine académicien.*

1er mars 1894.

Choses parlementaires

———

AVEZ-VOUS remarqué que depuis quelque temps on ne parle presque plus de ce qui se passe à la Chambre? Le parlementarisme nous offre pourtant, selon sa vieille habitude, son joli petit scandale par semaine. Mais on n'y fait plus attention.

Lorsque Wilson, chargé des péchés d'Israël comme le bouc de l'Écriture, fut invalidé, parmi les clameurs d'une majorité qui ne renferme dans son sein, comme vous savez, que des dragons de vertu, des personnages intègres, des hommes désintéressés et absolument incapables d'accepter un pot-de-vin, le public se contenta de lever les épaules. A peine quelques ironistes se sont-ils souvenus de l'admirable fable des *Animaux malades de la peste*.

Après la stupéfiante séance où le président de l'assemblée, atteint et convaincu d'avoir coupé un fort chanteau dans l'énorme miche des fonds secrets et de l'avoir gracieusement offert à un ennemi du gouvernement, alors à Sainte-Pélagie, refusa de dire pourquoi et se barricada dans un silence majestueux, — si vous voulez, — mais significatif, aucune émotion ne se manifesta dans les multitudes.

Le monde parlementaire est comparable à un pauvre diable, décidément déshonoré. Il fait songer à ce marchand de je ne sais plus quoi, qui poussait, dans ses prospectus, ce soupir de soulagement : « J'ai donc enfin fait faillite! » Ces gens-là ont adopté le parti le plus sage, l'effronterie. Quand le mépris tombe à verse, ils ouvrent tranquillement leur parapluie, et laissent pleuvoir. Et, en vérité, je les aime mieux ainsi que lorsqu'ils veulent faire les rodomonts.

Par exemple, quand les anciens panamistes et leurs camarades du centre ont crié, l'autre jour : « Tout à l'égout! » au fameux trafiquant de ru-

bans rouges, le spectacle a été un peu trop répu-
gnant. En acclamant les grandes phrases sur la
morale publique, les politiciens n'avaient pas
plus de conviction que les claqueurs de l'Am-
bigu, quand ils applaudissent les beaux sentiments dans les tirades d'un mélodrame. Fi, les
affreux Pharisiens !

Je les préfère dans leurs accès de cynisme. Ils
ont été très bien, tenez, à propos des dix mille
francs de *la Cocarde*. A la bonne heure! Il ne faut
pas rougir de ses turpitudes. Le bon peuple, dans
cette expression « une franche canaille », met
un peu de pardon gouailleur, un rien d'indulgence. Il a raison. Tout vaut mieux que l'hypo-
crisie.

Et les démentis! Non, connaissez-vous rien de
plus bouffon que les démentis dans le monde politique ? Précisément, la presse en est inondée,
en ce moment-ci, soit par lettres directes, soit
par le canal des agences. C'est notre pain quotidien. La formule est immuable : « J'oppose à
cette affirmation le démenti le plus formel. » A
de pauvres niais comme vous et moi, n'ayant pas
l'habitude de l'imposture, une telle parole don-
nerait une apoplexie d'indignation ; et, le lendemain, dans un site champêtre, deux hommes .

seraient militairement mis en présence, chacun à l'ombre d'un pistolet. Mais on n'est généralement pas si chatouilleux, chez nos « honorables ». Le démenti, donné pour la forme, reste presque toujours sans conséquences.

D'ailleurs, la galerie n'est jamais dupe de cette farce, et ces messieurs feraient mieux d'y renoncer. Nous savons si bien qu'ils vivent dans une atmosphère de mensonge, qu'un démenti, émanant de l'un d'eux, équivaut pour nous à la certitude du fait en litige.

Qui n'a pas entendu et très souvent ce bout de dialogue :

« Vous savez ?... On prétend que M... — ici un nom de ministre ou de député — a fait telle ou telle chose.

— Pas possible !...

— Mais il vient de le démentir.

— Ah ! alors c'est positif. »

Voyons, quelle prouesse ont-ils encore accomplie, dans ces temps derniers, les pasteurs du peuple ? Eh ! vertuchoux ! j'allais l'oublier. Ils ont fait d'excellente besogne, par grand hasard. Ils ont pris la résolution — cela tiendra-t-il ? — de renoncer à la politique anticléricale et de ne plus taquiner les curés.

Pour ma part, j'approuve absolument, — je ne vous le cache pas, — car je suis pour le clocher au milieu du village, et le « péril clérical » m'est toujours apparu comme une blague électorale. Il faut être bien nigaud pour se laisser persuader qu'aucun gouvernement — même celui de feu Henri V — eût été capable de ramener la société moderne au régime des billets de confession. Mais, chose énorme, on était parvenu à le faire croire aux électeurs, et cela dans des paroisses où il n'y avait pas dix bonnes femmes à la messe, le dimanche, et où les enfants ne remettaient pas les pieds à l'église après leur première communion. Manger du prêtre est aujourd'hui, presque partout, l'unique moyen d'entrer dans la carrière politique, et, comme il répugne aux délicats, nous tenons ici la cause de ce que j'appellerai, en empruntant le mot de Gustave Flaubert, le triomphe du « panmuflisme ».

Or, si j'en crois le discours de M. Spuller et le vote qui l'a suivi, tout cela devrait changer. Quoi? Plus de dénonciations, plus de sycophantes! Quoi? Le percepteur pourrait, sans compromettre son avancement, accompagner sa femme aux vêpres, et le receveur de l'enregistrement ne serait plus suspect pour avoir confié l'éducation de sa petite fille aux dames du Sacré-Cœur? Je n'ose y croire, et m'adressant à M. le ministre de l'instruction publique, — qu'il m'excuse de le tutoyer, — je lui déclame ce distique, extrait des *Faux Ménages*, d'Édouard Pailleron :

Non! C'est trop beau! Cela ne peut pas arriver!
Ne me fais pas rêver! Ne me fais pas rêver!

Effet imprévu des bombes anarchistes! Les fonctionnaires enverront désormais, sans trembler, leurs enfants au catéchisme, et de pauvres curés de campagne, en punition de quelques paroles imprudentes, ne seront plus privés de leur mirobolant et somptueux traitement de trois cents écus, — un peu inférieur à celui d'un garçon de bureau.

Certes, il faut nous féliciter, avec tous les gens raisonnables, de cette tendance vers l'apaisement, vers la tolérance. Encore une fois, tous nos compliments à M. Spuller, qui a le renom d'un excellent et très honnête homme. Du reste, les radicaux hurlent comme des brûlés. C'est bon signe.

Cependant, qu'il me soit permis d'admirer, en

calme philosophe et en observateur un peu scep-
tique, la désinvolture avec laquelle, dans cette
circonstance, le gouvernement et la majorité
viennent de retourner leur chemise et de faire,
comme on dit, la lessive du Gascon. Car, enfin,
le ministre applaudi samedi dernier est l'ami, le
disciple de Gambetta; il a, pendant de longues
années, obéi à la consigne laissée par le patron :
« Le cléricalisme, voilà l'ennemi! » Et les hommes
du centre, qui battaient des mains, ont tous promis, plus ou moins, dans leurs programmes, la
suppression du budget des cultes, la séparation
des Églises et de l'État, la déchristianisation de la
France, pour parler leur patois, et ils ont tous
agité, naguère, le spectre noir. En un jour, voilà
qu'ils se retournent. « A droite, conversion! »
comme on commande sur les champs de manœuvre.

Oui, je sais. Ils conviennent qu'ils ont eu tort,
font leur *meâ culpâ*. Comme saint Jérôme au désert, ils se frappent la poitrine d'un caillou. Soit.
Il est toujours beau, après expérience, de recon-
naître une erreur. A leur place, j'en ferais autant,
et je réclame, pour moi-même, le droit de me
contredire. Montaigne est un fameux homme, et
je ne suis pas toujours bien sûr de mes opinions

13

les plus chères. Que dis-je ? Il y a des moments
où elles me dégoûtent; par exemple, quand je
les retrouve, aplaties et déformées, dans la bouche
des sots. Je suis parfois tenté de faire comme un
de mes amis, homme de la plus spirituelle im-
pertinence, qui, lorsqu'un imbécile lui disait :
« Ah! je suis bien de votre avis, » s'écriait aussitôt : « Comment ? Vous êtes de mon avis...
Alors, j'en change. »

Seulement, moi, je ne me suis pas chargé d'assurer le bonheur de la France; et, pour en revenir à la mémorable séance du 3 mars, la volte-
face me semble un peu violente. Et puis, si, après
avoir « écrasé l'infâme » pendant si longtemps,
j'étais tout à coup forcé de publier que la religion
a du bon, je crois que cela me rendrait modeste
et m'inspirerait le désir de renoncer aux affaires
et de passer la main à de plus clairvoyants.

« Mon cher ami, — me dirais-je dans un court
monologue, — depuis vingt ans, tu gouvernes
comme un fiacre, et tu ferais mieux d'aller sur-
veiller tes salades. »

N'attendez pas de nos hommes d'État cet
humble aveu et cette conduite décente. On sait
que les douceurs de la retraite, célébrées par
Racan en strophes délicieuses, font horreur aux

politiciens. Le temps est loin où Dioclétien se
retirait à Salone, pour y arroser des légumes,
et Amurat II à Magnésie pour y cultiver des
roses.

8 mars 1894.

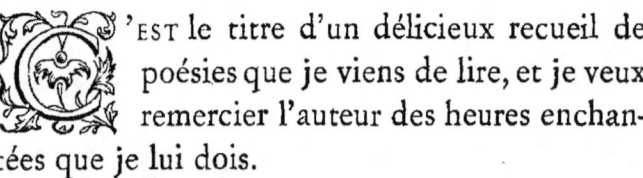

« Au Jardin de l'Infante »

'EST le titre d'un délicieux recueil de poésies que je viens de lire, et je veux remercier l'auteur des heures enchantées que je lui dois.

Aujourd'hui, je vous en préviens, vous trouverez ici très peu de ma prose, seulement ce qu'il en faudra pour encadrer quelques-uns des vers de M. Albert Samain. Ce sera pour vous tout bénéfice. Je n'ai, d'abord, aucune prétention au rôle de critique littéraire, et puis, il me semble que, pour donner l'impression générale du livre d'un poète, la citation vaut mieux que l'éloge même. En revenant d'une promenade dans les prairies, au mois de mai, vous ne dites pas : « Il y avait toutes sortes de fleurs, comme ça et comme ça. » Mais vous rapportez un bouquet des champs.

Apprenez donc tout de suite comme M. Albert Samain rêve de faire les vers et comme il les fait :

> Je rêve de vers doux et d'intimes ramages,
> De vers à frôler l'âme ainsi que des plumages,
>
> De vers blonds où le sens fluide se délie,
> Comme sous l'eau la chevelure d'Ophélie,
>
> De vers silencieux, et sans rhythme et sans trame,
> Où la rime sans bruit glisse comme une rame,
>
> De vers d'une ancienne étoffe, exténuée,
> Impalpable comme le son et la nuée,
>
> De vers de soirs d'Automne ensorcelant les heures
> Au rite féminin des syllabes mineures.
>
> . . . .
> Je rêve de vers doux mourant comme des roses.

Je vous entends d'ici me crier gare. « Attention, parnassien, mon ami ! Ces distiques-là, c'est tout l'art poétique des décadents. » Eh bien,

après ? Me croyez-vous immobile et figé dans
mes habitudes d'esprit comme un éléphant anté-
diluvien dans les glaces du pôle ? Oh ! je sais
bien que certains jeunes nourrissons des Muses
me tiennent pour un ridicule vétéran de la campagne littéraire de 1866, pour une espèce d'invalide centenaire, décoré de la médaille en chocolat, qui fait sécher son mouchoir à tabac sur
un banc de l'Esplanade. Pas si fini qu'ils veulent
bien le dire, le vieux débris. Un conscrit passe,
un petit hussard bleu-de-ciel qui a bonne tour-
nure ; je lui fais le salut militaire.

Mais il n'est pas question de moi. Il s'agit de
M. Albert Samain. Écoutez le début du poème
intitulé : *Promenade à l'étang.*

> *Le calme des jardins profonds s'idéalise.*
> *L'âme du soir s'annonce à la tour de l'église ;*
> *Écoute, l'heure est bleue et le ciel s'angélise.*
>
> *A voir ce lac mystique où l'azur s'est fondu,*
> *Dirait-on pas, ma sœur, qu'un grand cœur éperdu*
> *En longs ruisseaux d'amour, là-haut, s'est répandu ?*
>
> *L'ombre lente a noyé la vallée indistincte.*
> *La cloche au loin, note par note, s'est éteinte,*
> *Emportant comme l'âme frêle d'une sainte.*
>
> *L'heure est à nous ; voici que, d'instant en instant,*
> *Sur les bois violets au mystère invitant,*
> *Le grand manteau de la Solitude s'étend.*

L'étang moiré d'argent, sous la ramure brune,
Comme un cœur affligé que le jour importune,
Rêve à l'ascension suave de la lune...

Cela est exquis, ou je ne m'y connais pas. Et
je m'y connais, vous savez. Mais que dites-vous
du sonnet que voici ?

Le Ciel comme un lac d'or pâle s'évanouit,
On dirait que la plaine au loin, déserte, pense ;
Et dans l'air élargi de vide et de silence
S'épanche la grande âme triste de la nuit.

Pendant que çà et là brillent d'humbles lumières,
Les grands bœufs accouplés rentrent par les chemins ;
Et les vieux en bonnet, le menton sur les mains,
Respirent le soir calme aux portes des chaumières.

Le paysage où tinte une cloche est plaintif
Et simple comme un doux tableau de primitif
Où le Bon Pasteur mène un agneau blanc qui saute.

Les astres au ciel noir commencent à neiger,
Et là-bas, immobile au sommet de la côte,
Rêve la silhouette antique d'un berger.

Je vous assure que je ne choisis pas. J'ouvre
le volume au hasard. Partout, je retrouve cette
intensité de sensation, cette atmosphère de
songe, cet accent noble et suave, cette langue
ailée et musicale.

Il y a des défauts, sans doute. Vous vous êtes
aperçus déjà que M. Samain traite la césure avec
une liberté beaucoup trop grande — selon moi,
du moins, qui ne suis pourtant pas irréprochable à cet égard. Mais son vers reste toujours harmonieux. J'ai relevé, çà et là, des hardiesses, des
raccourcis de style, qui ressemblent à des incor-
rections. Infiniment délicat, épris des nuances
subtiles, des correspondances lointaines, le poète
tombe parfois dans l'obscurité. Je soupçonne
aussi ce voluptueux, ce spleenétique, d'un peu
de paresse. Son souffle est très ample, mais la
plupart de ses pièces sont courtes.

Critiques de détail, du reste, et dont je fais
bon marché. L'essentiel, c'est que je me sens en
présence d'un vrai poète, et que, à toute page de
son recueil, je rencontre de l'inspiration natu-
relle et pure, jaillie comme une source, épanouie
comme une fleur. Ah ! ce n'est pas ici la tragédie
du *Monde où l'on s'ennuie*, dans laquelle « il y a
un beau vers ». A chaque instant, j'en note d'admirables et de charmants. Ils fourmillent :

... *Ma jeunesse déjà grave comme une veuve.*

... *Un cœur mélancolique où la lune se lève.*

... L'heure passe comme une femme sous son voile.

... Mets sur mon front tes mains fraîches comme une eau pure.

Mais je citerais jusqu'à demain.

M. Albert Samain est un poète d'automne et de crépuscule, un poète de douce et morbide langueur, de noble tristesse. On respire, tout le long de son livre, l'odeur faible et mélancolique, le parfum d'adieu des chrysanthèmes à la Saint-Martin. Dans cet ordre d'émotions, les neuf strophes, ayant pour simple titre : *Élégie,* sont adorables.

Ne croyez pas cependant que M. Albert Samain n'ait sur sa palette que des demi-teintes et des couleurs assourdies. Je ne veux pour preuve du contraire que ses deux admirables sonnets sur Cléopâtre. Par malheur, la place me manque. Mais voici toujours le second :

Lourde pèse la nuit au bord du Nil obscur...
Cléopâtre, à genoux sous les astres qui brûlent,
Soudain pâle, écartant ses femmes qui reculent,
Déchire sa tunique en un grand geste impur,

Et dresse éperdument sur la haute terrasse
Son corps vierge, gonflé d'amour comme un fruit mûr.
Toute nue, elle vibre! et, debout sous l'azur,
Se tord, couleuvre ardente, au vent tiède et vorace.

Elle veut, et ses yeux fauves dardent l'éclair,
Que le monde ait ce soir le parfum de sa chair...
O sombre fleur du sexe éparse en l'air nocturne !

Et le sphinx, immobile aux sables de l'Ennui,
Sent un feu pénétrer son granit taciturne ;
Et le désert immense a remué sous lui.

Quelquefois, par caprice d'artiste, le poète
s'embarque pour les féeriques paradis de Watteau, pour les paysages bleus éclairés d'un rose
clair de lune :

... Les gondoles sont là, fragiles et cambrées
Sur l'eau dormeuse et sourde aux enlacis mourants,
Les gondoles, qui font, de roses encombrées,
Pleurer leurs rames d'or sur les flots odorants.

Les nefs d'amour, avec leurs velours de simarres,
Captives en tourment, se meurent sur les eaux...
Oh ! quels doigts fins viendront délier les amarres,
Un soir, parmi la chevelure des roseaux ?

On devine ici l'influence de Paul Verlaine,
qui, lui-même, lorsqu'il écrivit ses délicieuses
Fêtes galantes, n'avait pas oublié la *Fête chez Thé-*
rèse, de Victor Hugo. Car, comme dit Brid'oi-
son, on est toujours le fils de quelqu'un. En littérature on est même souvent le fils de plusieurs.
Et, puisque la recherche de la paternité intellec-

tuelle n'est pas interdite, je crois bien que
M. Albert Samain — qui a peut-être lu mes *Intimités* — doit beaucoup, héréditairement, à
Baudelaire, à Verlaine et à ce symphonique et
mystérieux Mallarmé, que Mendès a spirituellement appelé un « auteur difficile » et qui n'en est
pas moins, pour beaucoup de « jeunes », un chef
d'école.

Mais qu'importent les origines ? Et d'ailleurs,
ne parlons pas d'école à propos de l'auteur d'*Au
Jardin de l'Infante*. Je le considère, dès à présent,
comme passé maître. Par sa façon de sentir la
vie, qui est d'une qualité fine et rare, par sa
forme flottante mais que domine un très sûr
instinct de l'harmonie, il est bien lui-même et,
presque toujours, vraiment original. Ce qui le
distingue de la plupart des poètes nouveaux,
c'est qu'il n'y a pas en lui ce désir — toujours
décevant et funeste — d'étonner le lecteur ou,
comme on dit dans les cénales, « d'épater le
bourgeois ». Il est précieux et nuancé, mais sincère. Et puis, c'est un caressant, c'est un tendre;
et cela devient tout à fait exceptionnel parmi
nos petits féroces, qui sont capables d'écrire un
volume de deux mille vers sans souffler mot de
leur bonne amie.

Écoutez, pour finir, ces jolis vers d'amour :

Je voudrais, convoitant l'impossible en mes vœux,
Enfermer dans un vers l'odeur de tes cheveux;
Ciseler avec l'art patient des orfèvres
Une phrase infléchie au contour de tes lèvres;
Emprisonner ce trouble et ces ondes d'émoi
Qu'en tombant de ton âme un mot propage en moi;
Dire quelle mer chante en vagues d'élégie
Au golfe de tes seins où je me réfugie;
Dire, oh! surtout, tes yeux doux et tièdes parfois
Comme une après-midi d'automne dans les bois;
De l'heure la plus chère enchâsser la relique,
Et, sur le piano, tel soir mélancolique,
Ressusciter l'écho presque religieux
D'un ancien baiser attardé sur tes yeux.

Tel est mon poète. Je ne le connais que par son livre et ne sais rien de lui, sinon qu'il est jeune. Oh! quelle joie ce serait pour moi que ma sympathie lui fût bienfaisante! Que je serais heureux qu'un juge moins suspect d'indulgence pour les accoupleurs de rimes, un critique ayant de l'autorité, un France, un Lemaître, un Brunetière, se prît de goût pour lui et assurât son succès. Car il y a, dans ce livre-ci, j'en suis certain, beaucoup plus qu'une espérance, et M. Albert Samain me paraît un des plus intéressants, et, à coup sûr, le plus accessible, parmi les jeunes esprits qui s'abandonnent à la récente évolution de la poésie et ne prétendent mettre dans leurs vers que des sensations, du rêve et de la musique.

Hein? quoi? qu'est-ce que vous dites?... Qu'il existe aussi quelques petites choses qui s'appellent la pensée, l'imagination, le sentiment? Peut-être, si vous y tenez. Mais je vous assure que tout cela est de moins en moins à la mode.

15 mars 1894.

Pour les petits Poitrinaires[*]

—

ENCORE une bonne œuvre! Encore la charité! Encore la « vieille mandoline », comme on dit dans les réunions anarchistes — ou même simplement socialistes.

Excusez-moi. Mais que voulez-vous? Ce n'est pas pour demain, c'est même, j'en ai peur, pour la semaine des quatre jeudis, qu'on nous promet l'Age d'Or libertaire, le Paradis terrestre selon

[*] La souscription, ouverte par le *Figaro* après la publication de ces pages, a réuni, en moins d'un mois, la somme de cent quatorze mille francs.

Ravachol, où les tigresses, vautrées parmi les roses d'un mois de juin permanent, allaiteront les agneaux orphelins, et où il n'y aura plus, je suppose, ni méchants, ni pauvres, ni malades. De l'aveu même de M. Jean Grave, il nous faudra traverser une atroce révolution, précédée de beaucoup de bombes apéritives, avant d'entrevoir cet Éden, qui n'existe, quant à présent, que comme sujet de plafond à mettre au concours pour décorer la Bourse du Travail. Je le signale, en passant, à nos édiles.

Cependant la misère est là, sous nos yeux; le douloureux spectacle nous navre le cœur, et, pour nous apporter quelque tempérament aux souffrances humaines, nous n'avons que le remède connu, le vieux spécifique, la charité. Est-ce notre faute si la réforme sociale ressemble à un train qui chauffe toujours et qui ne part jamais? Force nous est de prendre l'antique diligence. Elle ne va pas vite, mais elle fait de la route et elle arrive au but.

Fidèle à ses généreuses traditions, *le Figaro* prête aujourd'hui son puissant concours au développement d'une œuvre admirable, de l'*OEuvre des Enfants tuberculeux;* et la sœur Candide, supérieure de l'hôpital d'Ormesson, m'a fait le très.

grand honneur de me choisir pour intéresser le
public à ses chers malades.

J'ai d'abord hésité, j'ai invoqué mon peu d'autorité, mon manque de compétence. Mais si vous
connaissiez la sœur Candide, qui joint à la sédui-
sante rondeur de la maîtresse-femme la force de
conviction d'un apôtre, vous sauriez qu'on ne lui
résiste pas.

Apprenez donc ce qu'elle demande, cette im-
périeuse sœur Candide : la modeste somme de
deux cent cinquante mille francs! — Et à qui?—
A tous les enfants de France.

Oh! soyez sans inquiétude. Il lui faut ses deux
cent cinquante mille francs. Elle les aura.

Car l'hôpital d'Ormesson, qui renferme pourtant cent lits, est, depuis longtemps, trop étroit.
La succursale de Villiers-sur-Marne, où il y en a
quarante, n'est pas non plus suffisante. Et la sœur
Candide se désespère. Car, dans bien des taudis,
il y a de petits poitrinaires qui se meurent, et
qu'elle voudrait soigner, qu'elle pourrait sauver!

Or, précisément, pour compléter l'établissement de Villiers-sur-Marne, la sœur possède le
plan d'un pavillon modèle, d'un vaste « hall » de
quatre-vingts lits, où, par un système de ventila-
tion extrêmement ingénieux et qu'on pourrait

appeler les *poumons de l'hôpital,* il y aura constam-
ment appel de l'air pur et rejet de l'air vicié, où
l'on créera même une atmosphère artificielle et
chargée de principes salutaires, où les malades
respireront, en un mot, la santé et la vie.

Il faut que ce pavillon soit construit. Il faut
que cette belle Œuvre de miséricorde, à laquelle
tant de grands cœurs ont déjà apporté leurs dons
généreux, tant d'illustres médecins leur science,
dispute et arrache au trépas un nombre toujours
plus grand de victimes innocentes.

Car on peut les sauver. Non pas toutes, hélas! mais on en sauve; et le vieux préjugé, qui
condamnait à mort tous les poitrinaires, est
désormais vaincu. Grâce aux progrès de la théra-
peutique, la phtisie, prise au début, chez l'enfant, chez l'adolescent même, n'est plus incu-
rable. Le docteur Léon Petit, secrétaire général
de l'Œuvre et l'un de ses plus zélés propagan-
distes, m'en a donné les preuves certaines, a mis
sous mes yeux les statistiques, les pièces du
procès. Trente pour cent des malades sortis des
hôpitaux d'Ormesson et de Villiers-sur-Marne
sont guéris, radicalement guéris. Deux jeunes
gens, admis assez tard dans la première de ces
maisons, qui ne date que de 1888, ont même pu

14

subir victorieusement l'examen du conseil de
révision et sont aujourd'hui soldats. Pauvres
enfants! Avec quelle joie ils ont dû entendre
le mot du major : « Bon pour le service. » Eux
qui, naguère, crachaient le sang, n'auront plus
à le répandre, un jour peut-être, que pour la
patrie.

Pour construire ce nouveau pavillon, qui portera à deux cents le nombre des lits mis au service
des petits poitrinaires, *sans distinction de culte ni
d'origine,* et dont le plan a été conçu en vue de
l'application des découvertes les plus récentes de
la science au traitement de la tuberculose, une
pensée délicieuse et touchante, une pensée d'or,
qui ne pouvait naître que dans le cœur d'une
femme, est venue à la sœur Candide.

Son *Pavillon des Enfants de France,* c'est aux
enfants, à tous les enfants, qu'elle le demande.
« Pensez à vos petits camarades mourants, leur
crie-t-elle. Parlez d'eux à vos parents, à vos amis.
Travaillez à les sauver. Donnez votre brique à leur
hôpital. Le prix de chaque « brique » est fixé à
un franc. Donnez-en cent, et vous aurez le titre de
Bienfaiteur; donnez-en mille, et vous serez *Fondateur.* N'en donnez qu'une, si vous êtes pauvre.
Elle sera reçue avec la même reconnaissance.

Mais que tous les dons soient faits au nom d'un enfant, qu'on y associe le souvenir d'un enfant. »

Sentiment délicat et profond, et vraiment digne d'une âme chrétienne! Il semble à cette sainte femme que l'aumône soit plus pure, plus sacrée, plus agréable à Dieu, quand elle tombe de la petite main d'un nouveau-né, — et, pour mieux lutter contre la tombe, elle fait appel à tous les berceaux.

Cet appel, j'en suis convaincu, aura le plus grand retentissement. Il parviendra jusqu'au fond de bien des cœurs et il y fera vibrer les fibres les plus intimes de la sensibilité. Toutes les familles en seront émues, et — surtout et d'abord — toutes les mères.

Vous serez émue, vous, l'heureuse femme, qui tenez, dans l'attitude auguste des madones, votre enfant nu sur vos genoux, et qui admirez, remplie d'un tendre orgueil, son corps si frais, si robuste et si sain. Vous songerez à ces pauvres êtres qui sont venus au monde déjà rongés par un horrible mal, les membres grêles, les yeux creux, les lèvres pâles, le front sombre, et vous les comparerez en frémissant à ce charmant *bambino*, qui fait la joie et la parure de votre foyer. Vous songerez combien il est aimé, choyé, dorloté, ce

roi de votre cœur, tandis que les autres — ceux
que la bonne sœur Candide, faute de place, n'a
pu encore recueillir — s'étiolent et agonisent sur
quelque grabat. Alors, vous voudrez que votre
bel enfant vienne en aide aux petits malades, que
son nom bien-aimé, que vous ne pouvez pro-
noncer sans sourire, soit écrit sur les briques du
Pavillon des Enfants de France, que son premier
geste soit un geste de bonté ; et, selon vos moyens,
vous mettrez la bank-note, le louis d'or ou la
pièce blanche entre ses doigts si mignons, dans
son petit poing maladroit, que vous avez si souvent dévoré de baisers avec un râle de plaisir.

Vous serez émue aussi, vous, la mère douloureuse et pleine d'angoisse, qui vous réveillez en
sursaut, au bruit d'une toux trop connue, et qui
courez pieds nus dans la chambre vers un berceau
d'où sort une faible plainte. Ah! qu'on les gué-
risse, n'est-ce pas, qu'on les sauve tous, les petits
malades ! Et pour que le vôtre vous soit conservé
par le bon Dieu — à qui croient toutes les ma-
mans — vous enverrez, et tout de suite, et avec
quels vœux ardents, vos mille francs ou vos vingt
sous à l'œuvre de tendresse et de pitié, à l'asile
béni où l'on soigne et où l'on aime les enfants
qui toussent.

Je suis sûr encore qu'il vous touchera, l'appel de la sœur Candide, ô jeune femme dont un précieux espoir ralentit la marche et qui vous appuyez, plus lourde, au bras de votre époux. Comment s'appellera-t-il, le cher attendu? Je jurerais que vous lui avez déjà choisi un nom. Envoyez-le bien vite, avec votre offrande, à l'hôpital des petits tuberculeux; et, comme on dit dans la belle prière, qu'il soit béni, le fruit de vos entrailles, l'heureux enfant qui aura fait le bien, même avant d'être né!

Mais vous aurez surtout le cœur déchiré par la pensée des petits moribonds qu'on dispute à la mort, vous, mère lamentable et long voilée de noir, qui prenez si souvent le chemin du cimetière. Des fleurs que vous arrosez d'une main pieuse et tremblante sur le tombeau de votre enfant, il va monter aujourd'hui un parfum plus pénétrant et plus suave, et comme un conseil angélique. Vous respirerez, pour ainsi dire, la chère âme envolée; et le nom gravé sur la pierre vous demandera de l'inscrire au mur de la maison des petits martyrs, comme un souvenir envoyé à ceux qui pleurent et qui souffrent par celui qui repose et ne souffre plus.

En ai-je assez dit pour attendrir mes lecteurs et

pour attirer la générosité publique vers l'OEuvre
excellente des petits poitrinaires? Non, sans
doute. Mais tous les bons cœurs m'ont compris.

Cependant je ne veux pas terminer cette page
sans parler des innombrables témoignages de
sympathie déjà recueillis par l'OEuvre. Dans le
volumineux dossier que m'a communiqué M. le
docteur Léon Petit, j'en trouve de magnifiques,
qui honorent grandement les donateurs, et de
très modestes, qui ne sont pas les moins tou-
chants. Voici la liste de souscription des enfants
alsaciens, — et le cœur se serre de regret. — Voici
celle des enfants russes, — et il s'épanouit d'espérance.

Mais il en est une devant laquelle, je ne rougis
pas de l'avouer, des larmes me sont venues aux
yeux.

Il s'agit d'une très humble, d'une très pauvre
obole, — une dizaine de francs. Mais ils ont été
souscrits par quelques-uns de ceux que la loi appelle les enfants moralement abandonnés, c'est-
à-dire par de pauvres créatures, nées dans l'abjec-
tion, arrachées à des parents hideux, et chez qui
la société essaye — hélas! souvent en vain — de
guérir le virus du mal, le crime héréditaire.

Eh bien! telle est la puissance de la charité.

Elle a illuminé l'enfer de ces damnés innocents d'un rayon de Paradis; elle a inspiré à ces malades de l'âme un peu d'amour pour les malades du corps, leurs frères moins infortunés qu'eux. Et, à nous, les heureux, à qui le bien est si facile, voici que les lugubres enfants du vice et de la misère donnent une leçon et un exemple.

Pareille à ces plongeurs de l'Inde, qui se jettent à la mer, une lourde pierre entre les mains, et descendent dans le monde impur des eaux, peuplé de monstres et plein d'épouvantements, l'admirable pensée de la sœur Candide a pénétré jusqu'au dernier bas-fond social, et elle nous en rapporte cette perle divine : la Bonté.

20 mars 1894.

En Algérie

J'AI eu plusieurs fois le plaisir de dîner, chez des amis et dans l'intimité, avec M. le général du Barail, et de constater qu'il est la séduction en personne.

D'abord, physiquement, il est superbe. Je n'ai jamais vu de plus aimable ni de plus loyal visage à moustaches grises. Né en 1820? Allons donc! Il a la chaleur d'âme et la verve d'un sous-lieutenant. C'est lui qui aurait le droit d'adresser à nos jeunes refroidis le fameux vers :

Donnez-moi vos vingt ans, si vous n'en faites rien.

Soixante-quatorze hivers? Soit. Mais des hivers algériens, avec du soleil et des fleurs. Tel que le voici, campez-moi sur un champ de bataille ce beau chef de cavalerie, apportez-lui sa vieille cravache du 1er spahis et demandez-lui une charge à la Murat, à la tête d'une ribambelle d'escadrons. Et vous verrez, comme disent les ouvriers, de « l'ouvrage bien faite », soyez tranquilles. Je n'en veux pour preuve que l'éclair de joie intrépide, la folie de l'épée, qui brille dans les yeux du général, quand il vous parle de la bataille d'Isly ou de la prise de la Smala.

Nul, mieux que lui, ne conte les histoires de guerre. C'est vibrant, clair, pittoresque et jamais trop long. Une ou deux fois, sous le charme de sa parole, j'ai songé : « Que n'avons-nous ici un sténographe? » Eh bien, aujourd'hui, voilà mon regret consolé. Le premier volume des *Souvenirs* du général vient de paraître, et, pour ceux qui, comme votre serviteur, aiment le « mélétaire », c'est une ivresse.

Oh! pas de phrases! Pas de rhétorique! Aucune prétention au style! Mais un train de récit, une allure de cheval de sang! Et des faits, des faits, en veux-tu? en voilà! Des escarmouches et des batailles, des portraits de soldats et d'officiers,

d'admirables anecdotes militaires, tout cela dit
avec une sûreté de mémoire, une bonne humeur,
une rapidité charmantes, et donnant l'impression de « vrai », la surprise amusante d'un cro-
quis tracé à la hâte, sur le pommeau de la selle.

Pour peu que le lecteur ait pour deux liards
d'imagination, elle ressuscite alors devant lui
l'Algérie de la conquête, l'Algérie du père
Bugeaud et des lithographies de Raffet, l'Algérie des fantassins à buffleteries et des officiers en haut képi et en tunique à jupe. N'en
rions pas, morbleu! de ces vieux uniformes.
Ceux qui les portaient se sont couverts de gloire
au col de Mouzaïa et à Constantine. Ils furent
les troupiers de Mazagran, où une poignée de
braves dans une bicoque arrêta l'effort de quinze
mille combattants ; ils furent ceux de Sidi-Brahim,
où nos petits chasseurs à pied moururent comme
aux Thermopyles, où le capitaine Dutertre attei-
gnit au sublime de Régulus.

Tout en lisant ces glorieux et sanglants épi-
sodes de nos premières campagnes d'Afrique,
dans le livre si vivant et si français du général du
Barail, je me rappelais mon séjour d'hiver à
Alger et mes promenades dans les environs,
il y a trois ans.

Est-il possible? Ces arcades du boulevard de la République, qui vous donnent la sensation de la rue de Rivoli, avec la Méditerranée à la place du jardin des Tuileries, c'est l'ancien nid de pirates barbaresques que nous avons pris en 1830! Ce Boufarik, où l'on va par un train de banlieue, comme à Asnières, et où il y a de si beaux eucalyptus, c'est le coin sinistre de la Mitidja, où les Hadjoutes ont coupé la tête à tant de nos pauvres soldats! Ah! qu'elle est loin, l'Algérie des temps héroïques!

..... Et je me suis revu, peu de jours après mon débarquement, par une matinée ensoleillée, buvant mon café, sur ce même boulevard de la République, à la terrasse de la brasserie Gruber (ô couleur locale!). J'étais en compagnie de mon ami, le commandant de V..., homme de premier mérite, élevé en Algérie et parlant l'arabe aussi bien que sa langue maternelle. Comme je riais avec lui de l'impression, peu exotique, que me donnait le milieu ambiant, un indigène vint à passer. Oh! un type magnifique, très majestueusement drapé, avec des yeux de diamant noir et le profil de bouc de l'*Éliéṛer à la fontaine,* dans le tableau d'Horace Vernet.

Le commandant, qui connaît tout le monde

là-bas, l'appela par son nom, le pria de s'asseoir auprès de nous et fit la présentation. C'était le cadi — quelque chose comme le juge de paix — d'un village de la Kabylie ; et je remarquai tout d'abord, épinglées sur son burnous, les palmes académiques.

Fidèle observateur du Coran, le cadi demanda une « demi-gazeuse » ; puis on causa. Et, dans le français le plus correct, avec très peu d'accent, sans nous tutoyer, — chose extraordinaire pour un Arabe, — il nous parla de la région qu'il habitait et des progrès que l'agriculture y pourrait obtenir à l'aide des machines et de la culture intensive. Oui, comme j'ai l'honneur de vous le dire ! Ce personnage à physionomie et à costume bibliques était ferré à glace sur les procédés d'engrais de M. Ville et sur les phospho-guanos. J'étais stupéfait. Je croyais entendre un propriétaire rural de Seine-et-Marne.

Mais où je faillis suffoquer, c'est quand ce prodigieux bédouin se mit à nous expliquer qu'on devrait éclairer le village où il demeurait — un trou de quelques centaines d'habitants — à la lumière électrique. Selon lui, rien n'était plus aisé, un torrent voisin offrant la force motrice nécessaire. Et, pris d'une sorte de délire scientifique, il se lança dans les accumulateurs, les ampoules Édison, que sais-je? et déploya une technique qui était de l'hébreu pour moi, attendu que toutes ces belles choses n'existaient pas encore, du temps où je suivais, au lycée Saint-Louis, le cours de physique de M. Lissajoux.

Entre nous soit dit, je sentais bien que le cadi, très fier de son savoir et très vaniteux, ainsi que presque tous les indigènes, voulait m'éblouir et, comme on dit en argot parisien, qu'il « se payait ma tête ». Mais il peut se vanter d'y avoir réussi. J'étais positivement confondu par tant de connaissances, de culture intellectuelle. Allons, la civilisation triomphait, décidément. Et, comme je m'exclamais, quand il nous eut quittés, et que je déclarais déjà faite l'assimilation des indigènes aux idées européennes :

« Ne vous montez pas la tête, me dit en souriant M. de V..., et venez avec moi. »

Et, par les ruelles grimpantes de la Kasba, il me conduisit jusqu'au petit cimetière qui entoure la jolie mosquée de Sidi Abd-er-Rahman, un des derniers coins d'Orient restés intacts à Alger. De là-haut, on jouit d'un immense et admirable point de vue sur le golfe, avec l'Atlas au loin, et le Djurjura neigeux.

Mais le commandant ne m'avait pas mené là
pour contempler le paysage. Dans un angle des
murs de la mosquée, tout près d'un vieux figuier
alors dépouillé de ses feuilles, il me montra un
étrange vieillard, accroupi sur une natte pourrie,
les genoux au menton, demi-nu sous des loques
pouilleuses, qui marmonnait des prières en rou-
lant entre ses doigts un chapelet à très gros
grains. Tout ce qu'on voyait de son corps était
couleur de bronze, et semblait sec et dur comme
une vieille racine. Un peu d'étoupe blanche, qui
était de la barbe, moisissait sur sa face émaciée,
et dans ses yeux d'aveugle, éteints et laiteux,
flottait le rêve immuable, l'idée fixe du fanatique.

Je lui jetai quelques sous, sans qu'il inter-
rompît par un geste ou par un murmure la litanie
où il énumérait probablement les quatre-vingt-
dix-neuf qualités d'Allah.

« Ce saint homme, me dit M. de V... en
m'entraînant, est célèbre par sa piété dans toute
l'Algérie. Il fait des miracles. Les feuilles du
figuier sous lequel il prie nuit et jour, guérissent
de toutes les maladies. Des pèlerins viennent
en cueillir, chaque été, — et des pèlerins qui
arrivent quelquefois, s'il vous plaît, des plus
lointaines oasis du Sud... Soyez assuré que ce

dévot personnage ne demande au ciel, dans ses oraisons, que l'extermination des Roumis. Qu'il nous arrive malheur, comme en 1870, que nous perdions, aux yeux des Arabes, notre prestige d'invincibles, et ce marabout pourra très bien devenir l'inspirateur et le chef d'une terrible révolte, le Prophète attendu, le « Maître de l'Heure »... Et tenez encore pour certain que, dans ce cas, notre prétentieux électricien, notre savant agronome de la brasserie Gruber, marcherait comme les autres pour le massacre en masse des infidèles... Maintenant, mon cher ami, allons faire un tour au Cercle, où nous retrouverons l'Algérie civile, l'Algérie qui fait des élections et des affaires; et nous pourrons aussi, ce soir, si vous voulez, « flirter » avec les petites Anglaises de la colonie d'hiver, à Mustapha... Mais, croyez-moi, si la France veut conserver sa conquête, qu'elle n'y montre jamais ceux qui la représentent qu'entourés de fusils chargés et de sabres nus; et méfions-nous des cœurs qui battent sous tous les burnous, même décorés du ruban violet. »

.....Ces sages paroles me sont revenues à l'esprit, tout à l'heure, en fermant le livre, plein de grâce chevaleresque, du général du Barail. Cette

belle et fertile Algérie, dont la prospérité ne peut
que grandir, nous la devons aux héros, illustres
ou obscurs, dont il nous raconte les exploits, et
nous n'y resterons les maîtres qu'en gardant les
vertus militaires de notre race. A ce point de vue,
d'ailleurs, les récits du vieux spahi sont pour
rassurer les inquiétudes de notre patriotisme.
« Ah! les braves gens! » s'écrie-t-on à toutes les
pages. Non, les fils de pareils soldats ne peuvent
avoir dégénéré, et il y a toujours, dans leur poitrine, un écho prêt à répondre au roulement
rauque des tambours ou à l'aigre appel des
trompettes de cavalerie.

22 mars 1894.

Rêverie printanière

IL y a deux ou trois ans, quand les « en-
quêtes » étaient à la mode, un indiscret
journaliste m'a demandé, par lettre
circulaire, quel « effet » me faisait le printemps.
Je n'ai rien répondu, trouvant cette curiosité tout
à fait offensante et voulant m'épargner un aveu
pénible. Car, par une triste conséquence de
l'âge, le printemps me fait moins d'effet chaque
année.

Eh bien ! aujourd'hui, je crois que je répondrais, sans fausse honte, à la question de ce reporter. Loin de moi les petits ridicules du vieux

jeune-premier! Il y a un quart de siècle, ô Za-
netto, que tu chantais : « Mignonne, voici l'avril ! »
Tu as donc le droit d'avouer que l'éclosion des
tendres lilas coïncide, à présent, pour toi, avec
des lourdeurs de tête et de l'embarras gastrique.
Tu es pareil à la petite femme de Grévin, qui,
assise sur son lit et l'almanach à la main, s'écrie,
avec conviction : « V'là le printemps ! Je vas me
purger. » Et la chaude caresse du soleil de mars
dans ton dos et sur tes reins ne te met plus dans
tous tes états. Heureux si elle ne réveille pas
dans tes membres quelque rhumatisme endormi.
Les lanternes multicolores des gondoles dorées
de Watteau, appareillant pour Cythère, vous
font signe, mes jeunes amis. Pour moi, je m'estime trop content d'être à peu près d'aplomb,
depuis quelques jours, et de n'avoir pas à me diriger vers les bocaux transparents du pharmacien.

Cependant, bien que de plus en plus calme
au point de vue de la galanterie, je n'en ai pas
moins délicieusement joui, cette année, de la
tiède atmosphère et de l'azur limpide, où montait la voix d'argent des cloches de Pâques. Car
les Jours Saints sont rarement aussi purs, et,
d'ordinaire, c'est une bise très aigre qui éche-
vèle la crinière des chevaux d'omnibus, quand

ils ont un rameau de buis piqué près de l'oreille. Oh! les douces après-midi, où l'on peut flâner, le paletot ouvert et le foulard dans la poche, à travers les magnificences du Paris triomphal! J'en ai profité tant que j'ai pu, et je suis allé voir luire au soleil les grosses lettres d'or des enseignes. Jamais la merveilleuse Cité ne m'était apparue plus élégante et plus luxueuse.

Dimanche, place de la Concorde, c'était un éblouissement. Une foule immense circulait, paisible. Des files torrentielles de voitures couraient, glissaient vers les statues cabrées, à l'entrée des Champs-Élysées, et le miroitement des aciers et des cuirs vernis vous aveuglait. L'Obélisque était rose ; les pompeux édifices, à droite et à gauche de la rue Royale, semblaient rajeunis, et un vent léger arrachait des jets de perles à l'aigrette liquide des fontaines. Là-bas, sur l'escalier monumental de la Madeleine, on voyait un grouillement de fourmis. De la joie flottait dans l'air. On était comme enveloppé d'une clameur d'allégresse. J'ai voyagé, je connais plusieurs capitales. Non, en aucun lieu du monde, on ne peut avoir, à un tel degré, la sensation d'une grande nation et d'un peuple heureux.

Est-il possible que je me sois mis à songer,

dans ce bain de lumière, de richesse et de bonheur, que cette place de la Concorde — comme
tous les points de la grande ville, hélas! — est
peuplée de souvenirs odieux et funestes?

C'est ici, pourtant, tout près de cette fontaine
dont bruit et bouillonne l'écume blanche, que
tant de sang a coulé et que se dressait, il y a
juste un siècle, la guillotine révolutionnaire,
l'échafaud permanent de la Terreur. C'est ici
que les tambours de Santerre ont étouffé sous
leur roulement la voix du roi qui disait : « Je
pardonne »; ici, que des reines et des princesses
ont été traînées dans la dure charrette, les mains
liées derrière le dos et le crâne tondu sous un
bonnet de servante; ici, que fonctionnait sans
cesse la machine rouge, gardée par les baïonnettes des sectionnaires et les aiguilles des tricoteuses, et que les coups sourds et réguliers du
couteau rhythmaient la ronde des petites filles,
qui, à quelques pas de là, sous les quinconces des
Tuileries, chantaient ce mélancolique refrain, où
vibre un écho des misères de l'époque :

> Dansons la capucine,
> N'y a pas de pain chez nous,
> Y en a chez la voisine,
> Mais ce n'est pas pour nous.

Mais, sans remonter jusqu'à ces temps épou-
vantables, pourquoi se souvient-on aussi, devant
cette avenue au bout de laquelle l'Arc de la
Grande Armée triomphe dans le soleil couchant,
que, par cette voie admirable, il y a vingt-trois
ans, a défilé le torrent noir de nos vainqueurs,
ayant à leur tête les trois vieillards casqués? Et
ne tournons pas nos yeux de l'autre côté, vers la
porte de ce noble jardin où des Renommées
équestres brandissent leurs trompettes; car, si
la perspective s'étend maintenant par là, si profonde, c'est que, dans une de nos luttes de Caïn,
nous avons nous-mêmes livré aux flammes le
vieux palais de nos rois.

Ne regardons pas non plus au Sud; car voici,
de l'autre côté de la Seine, ce Parlement scandaleux, où, l'an passé, quand la Vérité voulait se
faire entendre, on lui mettait la main sur la bouche; — ni au Nord; car, hier, à la porte de cette
lourde église, un homme tombait, tué par l'explosion de sa propre haine, éventré par l'horrible engin de massacre qu'il voulait jeter sur des
femmes et des enfants en prières.

Il est dissipé, le charme de ma promenade
printanière. Avec la poussière de Paris, la vieille
poussière historique, que le vent du Nord-Est

vient de soulever et dont il me fouette le visage, j'ai respiré l'odeur de poudre et de sang des révolutions!

Et, le lendemain, quand je fais sauter la bande d'un journal du matin et quand j'y lis qu'une malheureuse femme et sa petite fille ont été trouvées, mortes de faim, dans un taudis de la rue Pétrarque, alors, oh! alors, elle me fait horreur, mon impression de confiance et de bien-être égoïstes, dans la belle journée de fête, parmi le luxe et l'opulence de l'énorme ville!

Mortes de faim! Vous avez bien lu. Mortes de faim! Une mère et son enfant! Et elles agonisaient peut-être, tandis que je regardais filer ces somptueux équipages; elles agonisaient, ces deux créatures, qui auraient vécu, pendant huit jours, avec le prix des gants d'un valet de pied! Et, vers le soir, leurs cadavres étaient déjà froids, sans doute, là-haut, dans leur galetas, sur cette colline du Trocadéro, que je regardais, en traversant le pont de la Concorde, et dont j'admirais, avec un plaisir d'artiste, le pittoresque profil sur la pourpre du Ciel!

En vérité, devant cet effroyable fait-divers, j'ai le remords de mon heure joyeuse de la veille, quand je me laissais bercer par l'optimisme. Non, la nation n'est ni grande ni heureuse, dont l'état social permet de telles monstruosités; et il avait bien tort de se dérouler si fièrement dans l'azur, le large pavillon tricolore, sur le Ministère de la Marine.

Pour m'attrister encore davantage, elles me reviennent de nouveau à l'esprit, les lugubres réminiscences de l'histoire du siècle, qui s'évoquaient, hier, devant moi, sur la place ensoleillée.

Ainsi, de toutes ces convulsions, de toutes ces luttes, de toutes ces guerres, de tous ces formidables efforts vers un peu plus de justice et d'égalité dans les conditions de la vie, voici le résultat. Rien! Il y a des misérables comme avant, des désespérés comme avant, des affamés comme avant. Tout le sang répandu sur les échafauds de 1793, sur les barricades de cent émeutes, au pied du mur des fusillades de la Commune, n'a pas engraissé le champ du pauvre et, au bout de cent ans, ne fait pas pousser pour lui un épi de plus. Nue et la peau collée à son squelette, la Misère tend toujours ses mains suppliantes; et les orateurs pleins de salive n'ont à lui donner, pour se vêtir et pour se repaître, que des phrases et du vent. Impuissance de la parole et du glaive! Nul progrès! Car je défends qu'on prononce ce mot devant moi, tant qu'une femme et un enfant pourront mourir, faute de pain, devant Paris regorgeant d'or.

Et, le cœur crevé d'amertume, on prévoit l'avenir semblable au passé, d'autres harangues creuses, d'autres rages stériles, d'autres révoltes vaines. La Révolution est comparable aux malheureuses syphilitiques, qui peuvent concevoir, qui souffrent toutes les douleurs de la grossesse, mais dont le sang corrompu finit par empoisonner le fœtus, et qui avortent toujours. N'espérez rien de l'œuvre de haine. La bombe de l'anarchiste ne fera pas plus pour le bonheur du monde que la guillotine du jacobin.

Cependant, tandis que je m'abandonne à ces sombres pensées, le printemps s'épanouit devant moi, délicieux et ironique. La nature, l'éternelle inexorable, me reproche de m'émouvoir, me rappelle doucereusement les vérités banales et cruelles.

Insensé, qui rêves de changement devant l'immuable, ne sais-tu pas qu'après la chaude saison vient l'horrible hiver, auquel succède un nouveau printemps, et que tout évolue sans cesse, mais que rien ne change? Tu parles de justice;

et des cent fleurs qui couvrent cette branche d'amandier, quelques-unes à peine donneront un fruit. Le progrès? Un mot. Relis la monotone histoire. Vois la grandeur de chaque peuple toujours suivie de décadence. Que de civilisations disparues! C'est un va-et-vient de marée. L'homme est absurde qui prétend fonder quoi que ce soit. Un jour, le vent du désert dispersera quelques flots de poussière qui auront été les Pyramides; et tout meurt, les fourmis et les étoiles. Celui-là seul est sage qui condamne la vie mauvaise, s'incline devant le mystère — et attend.

29 mars 1894.

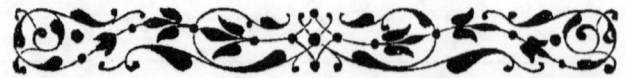

Cambronne

U N Nantais, M. Léon Brunschvicg, vient de publier sur le général Cambronne et sur sa vie civile, politique et militaire, une étude écrite d'après les documents inédits des Archives Nationales et du Ministère de la Guerre. Le livre est intéressant, et tous les traits susceptibles de faire honneur au héros du Dernier Carré y sont recueillis et groupés par son compatriote avec un soin pieux, qui n'exclut ni le respect de la stricte vérité, ni l'esprit critique. Tous les lecteurs du *Cambronne* de M. Léon Brunschvicg y trouveront plaisir et profit; mais,

pour moi en particulier, — ai-je besoin de vous
le dire ? — c'était du « nanan ». Vous devinez
bien, puisqu'on ressuscite aujourd'hui le vieux
brave, que je vais lui présenter les armes et,
mille tonnerres ! en faisant sonner les capucines
de mon fusil.

Mais déjà vous m'interrompez et me deman-
dez, avant tout, si j'ai trouvé, dans ce nouveau
volume, quelque chose de décisif à propos du
fameux mot, dans lequel, comme l'a dit un
homme d'esprit, la mémoire de Cambronne est
« embaumée ». L'auteur de la biographie du général s'est longuement étendu sur cette matière,
— si j'ose m'exprimer ainsi, — et sa savante
dissertation ne remplit pas moins de trente-six
pages. Je les ai lues attentivement, et j'ai le regret de vous apprendre que, sur le point obscur
qui nous occupe, elles ne font qu'exciter la curiosité sans la satisfaire.

Ce qui paraît cependant à peu près positif,
c'est que la phrase éloquente : « La Garde meurt
et ne se rend pas », a été prononcée, le soir de
Waterloo, soit par Cambronne lui-même, soit
par le général Michel, qui fut tué à ses côtés.
Mais il est aussi très vraisemblable que Cambronne, après une nouvelle sommation des An-

glais, leur lança son apostrophe excrémentielle
et, comme dit Victor Hugo, compléta Léonidas
par Rabelais.

Cent fois interrogé sur ce sujet, le général a
toujours répondu qu'il avait refusé de se rendre,
mais qu'il ne se rappelait pas les termes dont il
s'était servi dans cette minute désespérée. « Tout
ce que je sais bien, a-t-il dit un jour au général
de Bréa, c'est que je les ai envoyés faire f.....! »
Ce qui semble indiquer que Cambronne n'avait
pas peur du vocabulaire des corps de garde et
que, le 18 juin 1815, vers neuf heures du soir,
au bas du plateau de Mont-Saint-Jean, il a été
fort capable — empruntons encore cette périphrase à l'auteur des *Misérables* — de déposer
du sublime dans l'histoire.

Ne se souvenait-il pas, en effet, de la forme
qu'il avait donnée, dans la fièvre du combat, à
son héroïque refus ? Rien n'est plus admissible.
Je crois aussi qu'il était gêné par la double légende. Vue à distance, la belle phrase, qu'il a
peut-être trouvée dans un coup d'inspiration,
l'intimidait, lui, homme du peuple, et sans
lettres. Cela lui paraissait trop beau pour lui.
Quant au « mot », que n'avait pas encore ma-
gnifié le romantisme, j'ai l'idée que l'intrépide

grognard en rougissait naïvement, tout en s'a-
vouant au fond de lui-même qu'il avait fort bien
pu le cracher à la face des vainqueurs. Et, vous
serez de mon avis, tant de modestie et de simplicité sont touchantes.

Simple et modeste, tel fut, pendant toute sa
vie, le général de brigade-major du 1er régiment
de chasseurs à pied de la Vieille Garde. A
chaque grade nouveau — et il les conquiert tous
par des actions d'éclat — il est pris de scrupule,
se croit indigne, tâche de se dérober. Il faut,
pour ainsi dire, le contraindre à l'avancement.
Jamais il ne consentit à se laisser nommer général de division, jugeant la tâche au-dessus de son
mérite.

Le gouvernement de la Restauration l'avait
d'abord, comme on sait, indignement traité. A son
retour des pontons anglais et de la prison d'Ash-
burton, on n'avait pas craint d'envoyer comme
traître, devant un conseil de guerre, le fidèle compagnon de l'Empereur à l'île d'Elbe. Ce fut un
scandale. Cambronne fut acquitté, sans doute,
mais pas à l'unanimité des voix, et il fallut, pour
sauver sa tête, toute la généreuse éloquence du
jeune Berryer, qui, bien que royaliste, réclama
l'honneur de plaider pour le grand soldat de

Waterloo. Or, lorsque, plus tard, Louis XVIII,
réparant son injustice, rétablit le général dans
ses grades et dignités et transforma même en vi-
comté sa baronnie impériale, celui-ci se contenta
de signer « L. V. Cambronne ». Ces deux ini-
tiales signifiaient « le vicomte ». Impossible,
n'est-ce pas, de se moins parer d'un titre ?

On ne découvre chez cet admirable soldat
qu'une petite vanité, — oh! si excusable! —
celle de ses blessures. Il en était criblé. Déjà,
pendant la campagne de France, il avait été atteint plusieurs fois, à Bar-sur-Aube, à Craonne, à
la bataille sous Paris. La mitraille anglaise, à
Mont-Saint-Jean, l'avait tatoué de cicatrices. En
1820, il eut le caprice de faire constater, par un
vieux chirurgien militaire de ses amis, les glorieux stigmates dont il était couvert. La descrip-
tion de ces pauvres membres, troués de coups
de feu, hachés par l'arme blanche, donne le frisson. On rêverait volontiers ce corps de martyr
étendu sur les genoux d'une mère douloureuse,
d'une *Pieta,* qui serait la France.

M. Léon Brunschvicg nous apporte encore
une preuve de l'extrême simplicité de cœur qui
distinguait l'honnête Cambronne. Ce sont
quelques lettres d'amour, adressées par lui à une

jeune fille, Sophie-Augustine Corbizet, qui devint sa maîtresse, quand il n'était encore que capitaine, et avec laquelle ce fidèle amant correspondait jusqu'en 1818. La lecture de ces lettres est, il faut l'avouer, assez comique; car elles sont hérissées de fautes de syntaxe et la rédaction est digne d'un tourlourou écrivant à sa « particulière ». Le goût du temps s'y retrouve. Cambronne n'hésite pas à débuter par « amante chérie » et traite parfois son amie de « barbare » et de « cruelle », comme dans les tragédies classiques. Mais il se lasse vite du style noble que, d'ailleurs, l'objet de ces billets doux ne réclame pas impérieusement. Tantôt, le capitaine remercie sa Sophie d'un habit qu'elle lui a acheté à la foire, et ne consent à accepter d'elle ce cadeau qu'à la condition de lui en faire un à son tour. Ailleurs, il invite sa maîtresse à ne le point venir voir jusqu'à nouvel ordre, car une épidémie de gale sévit au camp de Boulogne, et le capitaine l'a attrapée.

« Vois quel cadeau je te ferais, s'écrie-t-il, tu connais ma délicatesse, à ne pas vouloir qu'aucune femme puisse jamais me reprocher que je sois l'auteur de n'importe quelle souffrance que je pourrais lui donner dans l'état où je suis.

Que serait-ce donc pour ma bonne amie, ma maîtresse, mon amante, ne se voir que des yeux, tandis que nos cœurs désireraient tant de se rap-
procher, de se confondre ; la raison ne serait rien,
j'en juge par ton amour, et la mienne pourrait
bien n'être plus la maîtresse de se souvenir de la
sagesse... Je t'embrasse avec un cœur brûlant
toujours du feu éternel qui ne peut s'éteindre
qu'avec la vie. »

On le voit par cet échantillon, le pioupiou
traditionnel des vaudevilles et des caricatures, le
petit fantassin qui, sur un banc de jardin public,
regarde en louchant les appas d'une nourrice,
n'écrirait pas d'une autre encre. La correspon-
dance amoureuse de Cambronne n'offre rien, je
le constate, où la subtilité de nos psychologues
puisse s'exercer.

Mais ne raillons pas les âmes naïves, gardons-
nous de rire des pauvres d'esprit. Mieux que les
intellectuels, ils acceptent en bloc certains sentiments que détruirait l'analyse, certains devoirs
qui ne supporteraient pas l'examen de la raison, et
qui sont pourtant ce qu'il y a de plus essentiel à
la marche de l'humanité. Cambronne, soldat
ignorant, aima passionnément sa patrie et
l'homme en qui elle était alors incarnée ; et lors-

qu'il eut à braver la mort pour sa France et pour son Empereur, ce Dumanet fut l'égal d'Achille.

Il faut que je fasse un aveu. C'est avec une sorte d'envie que je considère ces destinées de soldats, humbles par la pensée, glorieuses seulement par les actes. Car dans ces existences si rudes et si agitées, il y a une grande douceur. Ces hommes ont un devoir très simple ; ils le connaissent bien, ils sont sûrs d'exercer une vertu en obéissant. Méprisez-moi si vous voulez, vous à qui tout pouvoir semble une tyrannie et qui n'admettez d'autre maître que vous-mêmes.

Hélas ! être son maître, que cela est difficile ! N'obéit-on pas toujours ? A ses intérêts qu'on qualifie de nécessités, à ses préjugés qu'on décore du grand nom de principes. Et que d'hésitations ! La question se pose, à chaque pas : « Que faire ? » En dehors de quelques lois de morale élémentaire, personne n'est sûr de rien. Il n'y a guère que les fanatiques et les imbéciles qui n'aient jamais l'inquiétude ou le regret de leurs actions. Qui n'a pas senti, dans les circonstances graves de la vie, le besoin d'une règle ?

Le soldat, lui, se repose sur ce solide point d'appui, l'obéissance. Il abdique sa volonté, — et ce renoncement est noble, car il peut entraîner, pour celui qui le fait, le sacrifice de sa vie, — il devient passif, et voilà un homme tranquille. Il sait maintenant où est son devoir !

On nous rebat les oreilles de liberté à outrance, des droits de l'individu. Bah ! je n'entends parler autour de moi, et par les plus fougueux révolutionnaires, que des chefs du parti, de la discipline du parti. Seulement, ces chefs sont mal obéis, cette discipline violée sans cesse, et c'est le gâchis. Dans l'armée, on donne et on exécute les ordres pour de bon. Voilà toute la différence. Et, au sommet de la hiérarchie, il y a une entité, un symbole, un pouvoir qu'on ne discute pas, quelque chose de flottant, de mystérieux et de sacré : le drapeau.

« Brutes ! me crie un frénétique. Brutes et esclaves, qui tuent et meurent pour une loque au bout d'un bâton ! »

Excusez l'infirmité de ma nature. J'aurais aimé à être une de ces brutes, un de ces esclaves, qui acceptent le joug militaire, mais en qui palpitent cependant l'honneur, la fidélité, le dévouement, et ce qu'il y a de plus haut dans l'homme, le mépris de la mort !

Cambronne fut un de ceux-là. La légende veut que, grossier soudard, il ait accompagné d'une

parole immonde son plus bel acte d'héroïsme.
Qu'importe? Le respect et l'admiration sont tellement enracinés dans nos cœurs pour ceux qui
préfèrent un idéal quelconque à la vie, que le fu-
mier vomi par le soldat de Waterloo fait croître
et fleurir sur sa tombe un immortel laurier.

5 avril 1894.

Mes Chats

———

E printemps précoce est trop sec et un peu énervant. Mais, tout de même, c'est charmant de travailler près de la fenêtre ouverte et d'avoir sous les yeux, dans le petit jardin, les lilas en fleur et les tulipes qui ouvrent leur élégant calice. Il y a aussi, sur le vieux mur, les rosiers grimpants, les chèvrefeuilles et les clématites qui ont déjà poussé leur première verdure, si tendre, si fraîche, ayant l'éclat de l'émail. Et puis, les moineaux chantent, les moineaux parisiens, canaille ailée, gavroches de

l'espace. Ce ne sont pas de fameux virtuoses.
Leur chanson est brève. Un gai « kuikui », et
voilà tout. Mais, en chœur, ils font une musique
qui me plaît fort. Cela ressemble au vif murmure
d'un ruisseau de montagne, ou — pour choisir
une comparaison plus faubourienne — au bruit
de la grande poêlée de pommes de terre frites, à
la porte d'une fruitière.

Vieux gamin de Paris, j'éprouve les sentiments
d'un concitoyen et d'un camarade pour les ef-
frontés moineaux de nos rues, si familiers, si peu
poltrons qu'on croirait facile de leur mettre sur
le bout de la queue le proverbial grain de sel.
N'essayez pas ; car ils sont lestes. Sous les pieds
d'un passant qui se hâte, devant le trot d'un cheval, frrr! les voilà partis. Ils s'envolent, ils sont
déjà loin, en sûreté. Pourtant, si agiles qu'ils
soient, dans mon jardinet, à chaque printemps
nouveau, ces imprudents-là me jettent dans des
transes continuelles.

Pourquoi? A cause de mes diables de chats.

Dieu sait si j'aime mes chats! Ils sont dans
mon logis, comme l'ont été leurs prédécesseurs,
plus maîtres que moi-même. Je puis dire qu'ils y
règnent, et, quand je tâche de me remémorer les
familles, les dynasties de félins qui ont vécu dans

mon intimité, il me semble que je suis encore à l'école, en train d'apprendre la série des rois de France, et que je m'embrouille dans les branches de Capétiens et de Valois. Comme amateur de chats, j'ai fait mes preuves. J'en ai entretenu jusqu'à cinq et six à la fois, et, aujourd'hui, j'en ai encore trois, « orgueil de la maison », comme dit magnifiquement Charles Baudelaire.

Mon cœur est pour eux plein de tendresse. Mais, à la saison des nids, quand ils sont repris avec violence par leur féroce tempérament de chasseurs, ils me rendent quelquefois bien malheureux... Et, tenez, depuis que j'ai commencé cette page, voici trois fois que je pose la plume, que je cours à la fenêtre et que je tape des mains, pour effrayer quelques pierrots trop téméraires, vers qui se traînait en rampant un de mes tigres domestiques, avec des moustaches frémissantes et des yeux verts qui luisaient comme les lanternes de l'omnibus de Montparnasse-Ménilmontant.

Bien qu'il soit gavé et qu'on lui ait découpé, ce matin même, à la cuisine, avec de vieux ciseaux, un morceau de rate grillée dont il est très friand, je ne puis lui faire un crime de ses desseins meurtriers. Simple animal, il obéit à sa nature, et il est bien moins coupable, en somme, que tel grand seigneur qui, après un succulent déjeuner, monte à cheval en compagnie d'une bande de cavaliers et d'amazones et, précédé de chiens furieux et de drôles en livrée qui soufflent dans des trompes à la Dampierre, s'acharne, pendant de longues heures, après un pauvre cerf. Pourtant, je dois en convenir, mon scélérat est de la même école. Il ne chasse pas par besoin, mais seulement pour le plaisir. L'autre jour, il est encore revenu, la queue en éventail, l'air triomphant, tenant dans sa gueule un pauvre petit oiseau mort, et il l'a laissé choir devant ma cuisinière indignée; car cette simple créature ignore les galantes coutumes de la vénerie et ne sait pas que, dans une chasse à courre, c'est toujours à une dame que sont faits les honneurs du « pied ».

Mais pardonnons son crime à Petit-Loulou, — ainsi se nomme le coupable, — car, de mes trois chats, il est certainement le plus remarquable par l'intelligence et par la beauté.

Angora de Portugal, sa race est illustre, et il existe en France peu d'individus de son espèce. De petite taille et bas sur pattes, il a la tête grosse et le poitrail puissant, comme un taureau de la campagne romaine. Son pelage brun et strié de

noir, qui rappelle la couleur d'un beau marron
fraîchement jailli de sa coque, est d'une abon-
dance extraordinaire, et ses yeux, que je compa-
rais tout à l'heure très irrévérencieusement à des
lanternes d'omnibus, luisent en réalité comme
des astres et lancent le regard le plus imposant.
On ne sait quel noble rêve habite au fond de ses
mystérieuses prunelles, et si vous aviez l'honneur
de lui être présenté, quand, assis sur son derrière,
sa longue fourrure répandue autour de lui, il di-
late les glauques étoiles de ses yeux, vous auriez
certainement la sensation que vous êtes en présence d'un chat de très haute naissance.

Les habitudes de Petit-Loulou sont assez sé-
dentaires, et il partage la plus grande partie de
son temps entre le sommeil et le soin de sa personne. La courtisane la plus éprise de son corps
ne fait pas plus minutieusement sa toilette et ne
sort pas du bain plus nette et plus pure que ce
délicieux chat, qui n'a pourtant d'autre « tub »
que sa langue et d'autre éponge que sa patte.

Petit-Loulou est frugal et, contrairement à l'u-
sage de beaucoup de ses pareils, il n'importune
point ses maîtres pendant le repas. Il est cependant un peu gourmet, et quand on sert du poulet, nourriture pour laquelle il a une préférence

marquée, Petit-Loulou devient moins réservé.
Bien que boiteux, par suite d'accident, il a la lé-
gèreté d'un sylphe. Il monte alors sur la table,
d'un bond souple et silencieux, et daigne accepter quelques menus morceaux. Ayant constaté
que, chez des voisines, dames de province à qui
leur fermier envoie de belles volailles, le poulet
était particulièrement savoureux, il se présente
quelquefois dans leur salle à manger, à l'heure
convenable. Mais il n'y a rien en lui du pique-
assiette et de l'écornifleur. Petit-Loulou est partout chez lui, comme le roi.

Par les belles nuits, il vagabonde volontiers,
non pas dans des intentions immorales. Cheva-
lier de Malte dès l'âge le plus tendre, il est fidèle
à son vœu. Mais, comme le Chat Botté de Per-
rault, il court après quelques souris pour se di-
vertir; et, malgré mon antipathie pour la chasse,
je dois convenir que c'est un goût tout à fait naturel chez une personne de sa qualité.

Enfin, dans toutes ses manifestations, — beau
sans fatuité, caressant et aimable sans bassesse,
toujours délicat et même raffiné, — Petit-Loulou
prouve l'aristocratie de son origine et se conduit
comme un parfait gentleman.

Il a eu du reste l'honneur d'inspirer un poète,

et mon jeune camarade Georges Docquois lui a consacré l'amusant rondel que voici :

Petit-Loulou, toi, tu m'épates !
Bel angora de Portugal,
A toi ce rondel madrigal,
Bien qu'en mes bras tu te débattes.

Avec ton aspect court sur pattes
Et ton air si ça-m'est-égal,
Petit-Loulou, toi, tu m'épates,
Bel angora de Portugal !

Tu n'es point de ces acrobates
Chats que tente un brouet frugal,
Et ta pâtée est un régal
Qui gaverait deux hydropathes.
Petit-Loulou, toi, tu m'épates !

J'aime et j'admire Petit-Loulou ; pourtant je ne suis pas injuste pour les mérites de ses deux compagnons, Noiraud et Mistigris, chats du « populo », humbles plébéiens de gouttière.

Ils sont l'un et l'autre mes pensionnaires depuis assez longtemps, mais je ne sais rien de leur passé. Vagabonds inconnus, cheminots quelconques, ils se sont, un jour, présentés sur le seuil de mon logis et ils ont reçu bon accueil. C'est une œuvre de miséricorde de loger les pèlerins et les voyageurs. Je l'ai souvent pratiquée en faveur des félins errants, et je dois avoir une place choisie dans le paradis des chats. J'ai donné l'hospitalité à beaucoup de bohèmes à poils; mais la plupart, aventuriers incorrigibles, s'en allaient « à l'anglaise » après quelques jours de repos et de bonne nourriture.

Plus sages, Noiraud et Mistigris ont trouvé agréable d'avoir du mou sur la planche et ont pris, chez moi, leurs invalides. Assurément, leurs mœurs sont moins distinguées que celles de ce muscadin de Petit-Loulou. Ils ont, notamment, la mauvaise habitude de se rouler dans le charbon, et ils miaulent d'un ton impérieux pour qu'on leur ouvre les portes. Néanmoins, ils possèdent, bien qu'à un degré inférieur, les vertus essentielles de leur espèce, c'est-à-dire la propreté, la discrétion et la grâce.

Posons cet axiome : Il n'y a pas de chat canaille.

Par les confidences qui précèdent, vous connaissez les sentiments affectueux que je nourris pour les chats, et vous devinez aussi combien c'est un spectacle pénible pour moi de voir se réveiller, de temps à autre, l'instinct carnassier chez ces charmants animaux. Tout à l'heure, après avoir effarouché les oiseaux de mon jardin pour les préserver de l'attaque d'un de mes chats, j'ai été saisi d'une tristesse soudaine en songeant à cette loi de destruction qui gouverne la nature, à ce goût du sang, à cette impulsion meurtrière qui subsistent toujours chez la bête domestique aussi bien que chez l'homme social.

Sans doute, le félin qui saute sur une proie vivante et la déchire, est innocent, puisqu'il a des griffes. Mais il en avait aussi, l'horrible anthropopithèque, le monstre primitif, qui fut notre ancêtre. Et des siècles, des siècles, et encore des siècles se sont écoulés sans que le meurtre, le duel, la guerre, l'instinct de tuer, en un mot, aient disparu de la terre.

Le chat a des griffes. Hélas! sous le gant du civilisé il y a des ongles.

12 avril 1894.

Le Tirage

Nous avons eu, la semaine passée, une légère émotion dans le Landerneau de la littérature et de la librairie.

Un journal avait publié une sorte de statistique — assez inexacte d'ailleurs — sur le tirage des volumes de nos principaux conteurs et romanciers. Et tout de suite, éditeurs d'envoyer des lettres rectificatives, reporters de sauter dans des fiacres et de courir chez les intéressés.

Le tirage! Songez donc! C'est la grosse affaire, en ce siècle d'argent, et, sur la couverture d'un livre, on constate d'abord à combien d'exem-

plaires il s'est écoulé, comme on compte le nombre des galons sur la manche d'un officier.

Émile Zola, qui, à chaque nouvelle campagne,
peut ranger en ordre de bataille cent cinquante
mille combattants vêtus de l'uniforme jaune de
la maison Charpentier, a, sans conteste, le grade
de généralissime; Alphonse Daudet commande
un corps d'armée; Paul Bourget est divisionnaire;
et, à ce compte-là, les jeunes poètes qui débutent — comme j'ai débuté — par un volume de
vers imprimé à leurs frais au modeste chiffre de
cinq cents exemplaires, généralement invendus,
n'ont que des épaulettes de laine et ne méritent
même pas les humbles galons du caporal, — trois
degrés au-dessous d'un chien.

Le tirage, c'est la hiérarchie littéraire, c'est
l'Annuaire des écrivains, pour la grande majorité
du public, et aussi — il faut bien le dire — aux
yeux de beaucoup de gens de plume. Il est moins
rare qu'on pourrait le supposer de rencontrer,
chez des artistes, chez des hommes d'imagination, un fond d'esprit très positif. Rien de plus
légitime, sans doute, que le souci d'augmenter
son gain, et même de faire fortune. Mais il est
de mauvais goût, il est tout à fait inélégant d'en
parler sans cesse. Cependant, j'ai maintes fois été

choqué par ce travers chez des écrivains célèbres, chez des maîtres. J'ai entendu des conversations entre eux, très ardentes et très passionnées, où je vous prie de croire qu'il n'était pas question d'esthétique.

Pendant de longues heures, on n'entendait que les mots de tirage, de lancement, de dépôts, de mise en vente, de service de presse, de droits de traduction et de reproduction. On avait la sensation d'être en compagnie de notables commerçants, de faire partie du Cercle de la Librairie. Un illustre descriptif se révélait fort comme un Turc en matière de réclame et de publicité; tel fantaisiste ne jugeait ses confrères que par le nombre de « mille » mis en circulation; et ce psychologue était ferré à glace sur les papiers de luxe et les exemplaires de « passe ». Quand ils enfourchaient ce dada, ils m'ont souvent agacé, les camarades. Il est permis de soigner ses intérêts, d'accord. Mais j'avais quand même envie de leur crier : « Eh! mes chers amis, réservez ce genre d'entretien pour vos éditeurs. »

Parler de son succès matériel et s'inquiéter de celui de ses rivaux, de ses concurrents, est une forme très désagréable du trissotinisme.

— *Souviens-toi de ton livre et de son peu de bruit.*
— *Et toi de ton libraire à l'hôpital réduit.*

Encore excusons-nous ce ridicule chez les gens de lettres à petit collet, chez les poètes crottés d'autrefois, pauvres hères positivement exposés à souffrir du froid et de la faim, quand ils n'étaient point vêtus de la mise-bas et nourris de la desserte d'un grand seigneur. Mais l'écrivain en vogue, dans la société moderne! C'est lui qui est devenu, sinon le grand seigneur, — il n'y en a plus, — du moins le gros personnage. Je ne lui demande pas de se laisser voler par son intendant, comme un duc à cordon bleu. Du moins, pour l'honneur et la dignité de la profession, qu'il ne nous assomme pas de son « tirage », comme Turcaret de sa fortune, et qu'il se méfie des vanités du parvenu.

Dans la petite querelle de librairie qui vient d'éclater, mon ami Alphonse Lemerre a été dans l'obligation de publier le chiffre de vente — fort respectable, ma foi! — atteint par quelques-uns de mes ouvrages. C'était son intérêt et son devoir d'éditeur, et il a bien fait d'y veiller. Mais je ne suis pour rien dans cette confidence commerciale faite au public, et elle ne m'inspire

aucune fierté. Je n'ai pas le droit de médire du
succès; j'en ai connu et goûté les ivresses. Je ne
répéterai pas non plus qu'il ne prouve rien. C'est
une banalité. Ce que je sais bien, par exemple,
et ce que je tiens à dire, c'est que le succès est
dangereux, c'est qu'il déprave. Quand il vous
tombe sur la tête, comme une tuile, — et c'est souvent ainsi qu'il procède, — voilà le moment de
faire bien attention à soi. Le patron des péchés
capitaux, l'Orgueil, est là, qui vous guette, et,
depuis son fameux discours sous le pommier,
dans le Paradis terrestre, il n'a jamais donné à
l'homme — et surtout à l'homme de lettres —
que les plus funestes conseils.

A certains tempéraments le succès est pourtant nécessaire, indispensable même. Il les excite,
les préserve du découragement et de la paresse.
Sans lui, ils cesseraient de produire. De telles
natures d'artistes peuvent être très brillantes;
elles ne sont jamais très hautes. Laissons-nous,
certes, charmer par elles; mais réservons une
admiration spéciale pour les esprits supérieurs
à qui l'essence même de leur inspiration interdit
d'avance le succès prompt et facile, les larges
profits, en un mot, la popularité et tous les
avantages qu'elle entraîne. Sachant qu'ils ne

17

seront compris que tard et par une élite, qu'ils
ne le seront peut-être jamais, ils n'en accomplis-
sent pas moins, consciencieusement, fidèlement,
leur œuvre. Souvent, ils sont incomplets, — car
le talent absolu éclate, en général, malgré tous
les obstacles, — mais pas toujours, cependant.
Cela a existé et peut exister encore, une étoile
dans un cachot, le génie dans l'obscurité, et parfois la gloire tardive n'apporte son laurier que
sur un tombeau.

Jeunes gens, quand la vie littéraire vous donnera quelques heures triomphales, pensez à ces
nobles et sévères existences, entièrement consa-
crées à l'art pur et désintéressé. Songez au grand
poète Leconte de Lisle, acceptant sans une
plainte, pendant de si longues années, la retraite
profonde et la condition la plus médiocre, afin de
poursuivre et d'achever son œuvre exemplaire.
Songez à Barbey d'Aurevilly, au « Connétable
des lettres françaises », comme l'appelaient ses
amis, travaillant toujours, à quatre-vingts ans, et
faisant des projets et des rêves, dans sa chambre
d'étudiant pauvre, d'où il ne sortait, l'altier gen-
tilhomme, que ganté de blanc et paré. Le souvenir de ces hommes admirables ou de leurs pareils vous gardera, mes amis, des entraînements

du succès, des concessions à la mode éphémère, de la production hâtive, des besognes vénales, et vous maintiendra dans l'attitude du véritable artiste, fier devant le public, courageux devant l'effort, humble devant l'idéal.

Mais nous voici bien loin du puffisme littéraire et du succès à l'américaine, lancé à toute vapeur, bourré et chauffé de réclame. Il va vite et loin, mais court grand risque de dérailler en route et de ne pas arriver au point terminus de la ligne, au but définitif, à la gloire. Je sais bien que ceux qui adoptent ce moyen de transport vont me rire au nez, qu'ils me diront que le temps est passé de l'ascension pédestre du Parnasse, le bâton à la main, et que, d'ailleurs, ils se soucient de la postérité comme de leur première chemise. Mais, n'importe, ils riront jaune.

Les gros tirages ne signifient pas grand'chose, répétons-le. Un des poètes qui obtint le plus grand nombre d'éditions — on en trouve encore aujourd'hui, sur le quai, de très luxueuses — fut Jacques Delille, auteur de cette étonnante périphrase pour désigner un chapon :

Ce froid célibataire, inhabile au plaisir,
Du luxe de la table infortuné martyr.

Hélas ! on ne cite plus les vers du pauvre abbé
que pour s'en moquer. Au xviie siècle, l'*Astrée*
eut une vogue prodigieuse et fut imprimée à
d'innombrables exemplaires. Je vous défie de lire
à présent deux pages du roman de d'Urfé. C'est
à dormir debout.

Devenons modestes, mes chers confrères,
même au moment où nous écrivons un chiffre
imposant sur notre « bon à tirer », et rappelons-
nous la mélancolique parole d'Horace sur la destinée des livres.

Il s'en souvenait, Ernest Renan, bien qu'il fût
assuré de se survivre, ce prince de la prose française. Je le vois encore secouer sa lourde tête à
cheveux gris et je l'entends murmurer : « Le plus
grand succès de librairie, voyez-vous, c'est
l'Évangile. » Mais il y avait de l'amertume dans
la plaisanterie du vieil exégète. Et il est certain,
en effet, que, au point de vue du tirage, le *Nouveau Testament* enfonce *la Vie de Jésus* dans le
troisième dessous.

Non, non. En matière de librairie, on ne sait
ni qui vit, ni qui meurt.

Il y a bien encore pour un volume une chance
de ne pas disparaître tout à fait : c'est sa rareté.
Encore faut-il qu'il ait un mérite typographique.

Mais connaissez-vous l'ouvrage sur lequel on met les plus grosses enchères, dans les ventes publiques? C'est le *Pastissier françois,* sorti des presses d'Elzévir.

O ironie du sort et enfantillage des biblio-philes! Le livre le plus précieux du monde est un livre de cuisine.

19 avril 1894.

L'Odéon

Ε<small>N</small> ce moment, l'Odéon, le théâtre de mes débuts, mon cher et vieil Odéon, se rappelle à moi de diverses manières.

D'abord, voici l'intéressant et agréable livre d'Albert Lambert, *Sur les planches*. Albert Lambert, c'est l'Odéon personnifié. Si je ne voyais plus, un de ces quatre matins, son nom sur l'affiche, je serais aussi troublé que si l'on supprimait, derrière le monument, la station de l'omnibus des Batignolles. Que l'excellent comédien ne prenne pas en mauvaise part cette innocente plaisanterie. Je veux seulement dire qu'il occupe, avec beaucoup d'honneur et de talent, une place d'élite dans la troupe.

Or, cet acteur si utile, si laborieux, laisse traîner une plume sur sa table de toilette, entre sa patte de lièvre et son pot de rouge végétal, et de cette plume il se sert à merveille pour ratiociner sur un art dans lequel il est passé maître. Drapé dans la robe rouge du médecin moliéresque, ou sous le froc du vieux Charles-Quint de *Don Juan d'Autriche,* Albert Lambert, pendant les entr'actes, a donc écrit un fort bon livre. On sent là un homme qui parle bien de ce qu'il sait bien et de ce qu'il aime par-dessus tout. C'est un plaisir assez rare.

Je recommande *Sur les planches* à tous les amateurs de spectacles, et principalement aux jeunes artistes. Étudiez-moi cela, fillettes qui mettez du blanc gras sur vos joues fraîches, et vous aussi, cadets imberbes, qui, pour avoir l'air d'être rasés de près, seriez capables de vous maquiller le menton avec du bleu de blanchisseuse. Lisez le volume d'Albert Lambert, un coude dans l'oreiller, futures Célimènes. Faites-en votre épée de chevet, Rodrigues et Clitandres de l'avenir. Vous ne sauriez recevoir, sur votre art difficile et charmant, de plus sages ni de plus précieux conseils.

Sur la scène de ce même Odéon, on vient de
reprendre *le Trésor,* un ouvrage de ma jeunesse.
Aux répétitions, en écoutant mes vers, fort bien
dits par de jeunes et gentils comédiens, j'ai
été forcé de m'avouer que cela ne ressemblait
pas du tout à la « tranche de vie » du Théâtre-
Libre, à la pièce « rosse » au goût du jour. *Le
Trésor* n'est qu'un conte de fées, terriblement
romanesque. Plaira-t-il encore à quelques grands
enfants? Je le souhaite. Dans tous les cas, cette
reprise m'a donné une vive joie, celle de fouler
de nouveau les planches de mon cher Odéon.

Vingt-cinq ans! Voilà vingt-cinq ans que fut
jouée là ma première pièce, et l'hiver prochain,
quand on y représentera mon drame encore inédit : *Pour la Couronne,* nous célébrerons nos
noces d'argent, le vieux théâtre et moi. L'autre
soir, en flânant dans les coulisses, j'ai reconnu,
derrière un décor marouflé d'anciennes affiches,
celle de la « première » du *Passant,* avec la date,
14 janvier 1869. J'en ai eu un battement de
cœur, et mille souvenirs m'ont assailli.

La veille de ce bienheureux jour-là, je n'étais
qu'un petit employé des bureaux de la Guerre,
très pauvre, vivant en famille, apportant, à chaque
fin de mois, son traitement aux deux femmes du

logis, la maman et la sœur. Je me rappelle que,
à cette époque, mon très mince budget personnel se soldait toujours par un déficit de quarante
sous. J'avais beau faire des économies, opérer
d'ingénieux virements, prendre cinq francs au
chapitre blanchissage pour les reporter au chapitre chaussure, le résultat était le même. Cela
faisait toujours quarante sous de moins.

Et j'avais vingt-six ans, et, logée auprès du
Luxembourg, respirait une certaine blonde aux
yeux sombres, qui, j'en ai bien peur aujourd'hui,
n'avait pas pour moi un sentiment exclusif, et à
qui j'envoyais, chaque semaine, un madrigal et un
bouquet. Pour les vers, cela ne me coûtait rien;
mais la botte de roses ou de violettes? C'était au
moins trente sous, — en marchandant, place Saint-
Sulpice, — plus dix sous pour le commissionnaire.
Précisément la somme qui me manquait.

Pour l'équilibrer, ce budget de misère, et aussi
pour fleurir l'infidèle, j'ai accompli des prodiges
de ladrerie. J'ai notamment porté, en pleine cani-
cule, un certain pantalon d'hiver, hideux, couleur de fromage d'Italie, qui me faisait horreur,
mais qui — je dois lui rendre cette justice —
était inusable.

Si, comme homme privé, j'étais sans argent,

comme poète j'étais sans gloire. J'avais pourtant déjà publié deux recueils : le *Reliquaire*
et *les Intimités*, dont l'édition, presque intacte,
encombrait l'arrière-magasin de Lemerre. Mais
mes vers ne m'avaient encore valu que l'appro-
bation — très flatteuse, d'ailleurs — de quelques maîtres et de quelques amis littéraires.

N'allez pas me plaindre, au moins. Être jeune,
amoureux, avec des rimes et des chansons plein
la tête! Je ne sais pas d'état plus enviable. Et
puis, je n'avais aucune ambition. Cependant,
toujours ces quarante sous de moins, c'était un
peu dur, à la longue.

Enfin, j'écrivis *le Passant*. Je l'écrivis, dans une
maison au bas de Montmartre, où j'habitais avec
les miens. Oh! que ma chambre était petite! —
une chambre de poupée, où il fallait ouvrir la
fenêtre pour enfiler la manche de sa redingote!
— Seulement, quand on ouvrait cette fenêtre,
on se trouvait dans l'intérieur, dans l'intimité
d'un grand arbre, d'un superbe acacia, peuplé
par des centaines d'oiseaux. Au coucher du soleil,
quand ils faisaient leur « prière du soir », quels
joyeux chœurs! quelle folle musique!

En de clairs et frais matins de septembre,
ayant devant moi cette verdure zébrée d'or par

le soleil levant et secouée de frissons d'ailes,
j'écrivis mon poème dialogué. Quelques mois
après, grâce à un concours de circonstances in-
vraisemblablement heureuses, la brève comédie
était jouée par deux interprètes incomparables;
et tout était changé dans ma vie. Si brillant qu'il
fût, ce n'était qu'un début, sans doute. Mais
déjà, comme dit Banville,

> *Je mangeais du sucre candi*
> *Dans les feuilletons du lundi,*

et je pouvais, sans marchander, embellir de fleurs
le logis de ma bien-aimée, qui — tant pis si je
vous scandalise — était à présent une brune aux
yeux clairs.

Voilà pourquoi j'aime tant l'Odéon, et pourquoi je ne franchis jamais la porte de l'entrée
des artistes sans être pénétré d'une émotion reconnaissante.

D'ailleurs, avant même que j'eusse pénétré
dans l'édifice, il m'était cher déjà. Élève externe
du lycée Saint-Louis, j'ai fait l'école buissonnière,
et, plus tard, étudiant en rimes, j'ai promené
mes songeries, comme tant d'autres,

> *Sous les piliers tournants de la vague demeure.*

Les livres m'y attiraient, les livres nouveaux, ceux qu'on ne « communiquait » pas, aux séances du soir de la bibliothèque Sainte-Geneviève.

C'est une gracieuse, c'est une hospitalière coutume que celle des libraires de l'Odéon, qui permettent au passant d'ouvrir les volumes et d'en parcourir les feuillets laissés libres par le brochage. Tous les Parisiens pauvres et passionnés pour les lettres ont ici les mêmes souvenirs que moi. Sous les galeries odéoniennes, ils ont suivi, tant bien que mal, le mouvement intellectuel de leur temps, ont pris connaissance, par fragments, de toutes les publications contemporaines.

Par malheur, la satisfaction n'est pas complète. Je me rappelle encore l'instant de désir irrité, de curiosité brusquement suspendue, quand j'arrivais aux feuillets non coupés. La sensation doit être à peu près la même, chez les pauvres filles du peuple qui, à la porte d'un bal de Mi-Carême, écoutent les lointains violons et regardent entrer les masques. A l'étalage de Masgana, durant les années de ma prime jeunesse, la littérature est restée ainsi devant moi, non pas ouverte, mais seulement entre-bâillée.

N'importe, elles m'étaient bien douces, mes stations de lecture autour de l'Odéon. Je possé-

dais alors, dans toute sa candeur, la faculté d'admirer. Heureux enfant, je n'avais pas encore de
goût, ni de sens critique. Ces proses et ces poésies, attrapées par morceaux, par bribes, me
semblaient toutes belles, par le seul fait qu'elles
étaient imprimées, par la magie des caractères
typographiques. J'ai vécu, sous les arcades littéraires du massif monument, quelques-unes des
meilleures heures de ma vie.

Encore aujourd'hui, la pente mystérieuse me
ramène souvent vers le théâtre où j'ai livré
presque toutes mes batailles dramatiques, vers
les bibliothèques de plein vent, où mes narines
de vingt ans respiraient jadis, avec tant d'avi-
dité, l'odeur de l'imprimerie toute fraîche. Et il
arrive parfois que je me trouve, coude à coude,
devant la boutique de Flammarion, avec un jeune
homme à la physionomie pensive, au teint blanchi par les veilles, aux yeux de lumière. Je devine en lui un poète, et mes vœux l'accompagnent.

Puisses-tu, mon pâle camarade, découvrir
dans ton cœur et dans ta pensée une inspiration
nouvelle, qui soit bien à toi, et nous chanter une
chanson un peu différente de toutes celles qui
sont dans ces livres par toi feuilletés! Et, si tu as

le redoutable désir de livrer ton poème à la foule
par les lèvres des comédiens, puisses-tu obtenir
prompt et bon accueil dans cet Odéon, dans ce
vieux théâtre des débutants, autour duquel
tourne, en ce moment, ta flânerie! Je te souhaite
alors, mon gentil poète, un soir d'angoisse et de
triomphe : d'abord la défaillance dans la coulisse,
et le frisson d'agonie, quand la toile se lève avec
un murmure solennel; mais, bientôt après, la ré-
compense, le contraste délicieux, l'épanouisse-
ment de tout l'être comme sous une pluie de
joie, alors qu'éclate, là-bas, dans la salle, avec le
bruit de la grêle, l'orage des applaudissements!

Ce sont de terribles émotions. Mais je te connais, pauvre enfant qu'anime un rêve de gloire.
Si tu ne devais jamais les sentir, tu ne croirais
pas avoir vécu.

26 avril 1894.

Le Centenaire de la Terreur

N finissant la lecture de la déclaration lue par l'anarchiste Émile Henry devant la cour d'assises, je me suis souvenu d'un vieux mur, sur lequel j'ai déchiffré, naguère, ce fragment d'inscription, que les averses tombées pendant un siècle n'avaient pas entièrement effacé : « ... Fraternité... ou la Mort. »

L'exécrable enfant de vingt ans, auteur de l'attentat de l'hôtel Terminus, et qui s'attribue aussi celui de la rue des Bons-Enfants, ne raisonne pas autrement que Robespierre. Il a la même conviction, la même cruauté implacable.

Il dit les « bourgeois » comme l'autre disait les
« suspects » ; et le terrible Maximilien, envoyant
une liste de victimes à Fouquier-Tinville, n'avait
pas plus de sang-froid qu'Émile Henry déposant
sa marmite infernale dans un escalier ou jetant
sa bombe à travers un café plein de foule. En
commettant son crime — ou ses crimes — l'anarchiste était sûr de sa mort prochaine, comme
l'était le Jacobin, qui prophétisa la sienne, à la
tribune de la Convention, peu de jours avant le
9 Thermidor.

Tous deux sont des lauréats de collège, et
leur enfance pauvre a trouvé des protecteurs.
Émile Henry a été placé dans une école munici-
pale par les amis politiques de son père, comme
le jeune Robespierre fut admis à Louis-le-Grand
grâce à la protection de l'évêque d'Arras. Leur
orgueil est celui des forts en thème, qui confon-
dent les connaissances acquises avec la supériorité d'esprit. Ces cervaux de pédants offrent un
excellent terrain au germe des idées fausses.
J'imagine Émile Henry s'enthousiasmant pour
Kropotkine, ainsi que Robespierre se passion-
nait pour Rousseau.

Ceux qui admirent sans réserve la Révolution,
les partisans du fameux « bloc », doivent s'y ré-

signer. Nous assistons, aujourd'hui, à l'explosion d'une épidémie de férocité, tout à fait comparable à celle qui couvrit la France d'échafauds, il y a cent ans; et la dynamite célèbre dignement, par ses salves meurtrières, l'odieux souvenir de la guillotine. Toute la différence, c'est que les anarchistes ne sont pas les plus forts, heureusement. Mais la doctrine jacobine règne en eux, absurde et féroce, dans toute sa pureté; et, comme leurs ancêtres de 1793, ils prétendent fonder la fraternité universelle par le massacre et par la terreur.

Jusqu'à présent, ils n'ont pas réussi à l'inspirer, et l'on a beaucoup félicité le public de son calme en présence des attentats. Je le veux bien. Mais il convient de constater que ces attentats n'ont encore été que relativement rares, accomplis à l'aide de moyens insuffisants, et qu'ils n'ont fait qu'un nombre restreint de victimes. L'influenza ou la fièvre typhoïde sont infiniment plus redoutables, et le monsieur qui sort de chez lui en songeant aux bombes, peut se dire, pour se rassurer, que ses chances de rentrer au logis n'ont pas sensiblement diminué.

Cet état d'âme, convenons-en, n'a rien d'héroïque. On s'accommoderait volontiers, je le

18

crois, d'une explosion mensuelle, pourvu qu'elle
fût à demi ratée. Mais que, l'un de ces jours,
— comme c'est à craindre, — un petit Robespierre en chambre, muni d'engins perfectionnés,
se mette à travailler sérieusement au bonheur
des générations futures, et vous verrez l'épouvante.

D'ailleurs, ce qui est effrayant, aujourd'hui,
c'est beaucoup moins la propagande par le fait
que la force et la rapidité avec lesquelles se ré-
pandent les idées anarchistes. Il faut tout l'aveuglement des optimistes pour n'en pas voir les
progrès.

Quand M. Jaurès, sous prétexte que M. de Mun
s'intéresse au sort des prolétaires et qu'on a
trouvé la carte du baron de Rothschild dans les
papiers d'un compagnon, tâche d'insinuer que
l'anarchisme n'est, au fond, qu'une conspiration
de cléricaux et de capitalistes, personne n'en
croit rien, sans doute, et il suffit, pour comprendre
cette manœuvre, de voir avec quel mépris Émile
Henry, dans sa déclaration, parle des socialistes
du vieux jeu. La vérité est que ceux-ci — les
chefs, du moins — se sentent abandonnés, en ce
moment, par une bonne partie de leur armée,
qui est en train de passer à l'anarchisme avec

armes et bagages. Et je ne parle pas ici seulement des révoltés de tempérament, voués d'a-
vance aux opinions extrêmes. Ils ont changé de
drapeau depuis lontemps, entraînant avec eux la
foule des mécontents et des aigris. Non, ce qui
est plus grave, beaucoup plus grave, c'est qu'un
grand nombre de gens, qui ne sont ni des méchants, ni des fous, et dont on ne peut suspecter
la bonne foi, admettent aujourd'hui, sinon les
actes, du moins les théories anarchistes, et en
parlent avec indulgence et sympathie. Et —
symptôme plus funeste encore — ce vent de
démence souffle bien moins sur les ignorants et
les simples que sur les esprits cultivés.

C'est, en vérité, une maladie morale, une per-
version morbide de la sensibilité. Tel, qui —
comme on dit — ne ferait pas de mal à une
mouche, ne trouve ni un mot de pitié pour les
victimes, ni une parole d'indignation contre les
assassins. Jamais nous n'avons eu une meilleure
preuve que le mot « humanitaire » et le mot
« humain » ne sont pas synonymes ; et sur des
hommes qu'on croyait jusque-là raisonnables,
les tueurs fanatiques, qui meurent avec le courage des martyrs, — c'est possible, — mais qui
ont commencé par agir avec l'atroce et froide

cruauté des bourreaux, exercent on ne sait quelle
monstrueuse fascination.

Hélas! ce n'est pas la première fois qu'un pareil courant de folie sanguinaire entraîne l'opinion : et, je le répète, les crimes anarchistes et
ceux qui les approuvent fêtent, à leur façon, le
centenaire de la Terreur. Précisément, le hasard
a voulu que, ces jours-ci, je fisse quelques lectures
sur cette horrible période de la Révolution. Je
signale, notamment, le *Robespierre,* bien docu-
menté, de M. Maurice Gratterolle. A chaque instant, j'ai été frappé par la ressemblance, par l'ana-
logie, non pas des faits, mais des sentiments et
des idées ambiantes.

Un exemple.

Émile Henry considère comme criminel et
digne d'être mitraillé quiconque supporte la
société telle qu'elle est, avec ses inégalités et
ses injustices. Cela ne fait-il pas pendant à l'un
des paragraphes de la loi du 17 septembre 1793,
par lequel sont déclarés suspects « ceux qui
n'ayant rien fait contre la liberté, n'ont rien
fait pour elle », — c'est-à-dire tous les citoyens
paisibles et inoffensifs; en un mot tout le
monde?

Et de même que Robespierre, armé de son abominable loi, envoyait tant d'innocents à la mort, l'anarchiste entre dans le premier établissement public qui se trouve sur son chemin, jette sa bombe et massacre au hasard.

Les bonnes âmes qui tâcheront de nous attendrir sur Henry vont nous répéter sur tous les tons que le passé de ce jeune homme est sans tache, que ses anciens professeurs, que tous ceux qui l'ont employé n'ont pas un reproche à lui faire, qu'il n'a aucun vice. On en peut dire autant et plus de l'Incorruptible. Robespierre, que tout homme de cœur doit haïr, mais qu'on ne peut mépriser, pratiqua toutes les vertus privées. Rappelons ce détail caractéristique aux panamistes triomphants. Après la mort du dictateur, du maître de la France, on ne trouva chez lui qu'un assignat de cinquante livres.

Ma comparaison est bonne, je vous assure. Émile Henry, c'est le Jacobin du « dernier bateau ».

On ne peut raisonnablement espérer que cette poussée de frénésie révolutionnaire, qui se manifeste cent ans après l'autre, sera la dernière. Nous l'avons dans le sang, ce virus-là. Cependant, l'anarchie sera vaincue, comme le fut la Terreur, et nous serons, un jour, débarrassés de l'explosion périodique, comme nous l'avons été de l'échafaud en permanence.

Mais quand? Comment? Par qui?

On peut s'attendre à tout, certes, dans ce pays extraordinaire, où l'on a vu d'anciens régicides engoncés dans les roides broderies d'un habit de cour, et où les vieilles tricoteuses ont crié : « Vive l'Empereur! » à travers les carrefours, quand on y affichait les bulletins de victoire. Mais comme il tarde, l'orage nécessaire qui peut seul balayer l'atmosphère de crime et de honte que nous respirons, et emporter l'âme purifiée de notre chère France vers des destinées nouvelles!

3 mai 1894.

Religions et Miracles

QUELQU'UN de peu mystique, c'est votre humble serviteur. A cet égard, comme à beaucoup d'autres, il ne suit pas la mode. Il s'efforce simplement de conserver, intacte dans son cœur, la morale de Celui qui parlait sur la Montagne; car c'est la plus grande école de bonté que le monde ait connue, la meilleure arme contre l'égoïsme. Que n'a-t-on le courage de conformer sa vie, en toute occasion, aux préceptes évangéliques? Du moins, votre serviteur le fait le plus souvent qu'il peut — jamais

assez — et il se répète la consolante parole de
Jésus : « Paix sur la terre aux hommes de bonne
volonté. »

Quant au Mystère, il lui tire la révérence.

Beaucoup de nos contemporains sont plus
exigeants. Il leur faut du surnaturel, et ils prétendent que l'infini se mêle de leurs petites affaires. Au temps où je n'avais pas encore de
barbe au menton, j'ai assisté déjà à quelque
chose de semblable, à la première épidémie de
spiritisme. Tel que me voici, j'ai fait tourner des
chapeaux et des tables. Mais n'allez pas me considérer, s'il vous plaît, comme un fameux thaumaturge. J'aime mieux entrer tout de suite dans
la voie des aveux. Si des tables et des chapeaux
ont tourné sous mes mains, c'est parce que je
poussais, tout bonnement.

Je me souviens encore des interminables
séances, chez une vieille tante. C'étaient des soirées à petits gâteaux et à verres d'orgeat, où les
tables tournantes avaient remplacé les jeux innocents. Pour ma part, quoique je ne fusse
encore qu'un adolescent dont la voix muait, un
collégien à la tunique toujours trop courte, avec
des bas bleus et des souliers à cordons, je re-
grettais les jeux innocents, parce qu'on pouvait

quelquefois embrasser une jolie cousine aux
joues rouges, qui avait perdu un gage. Mais il
n'était plus question, depuis l'invasion du spiritisme, de corbillon ni de « dessous du chande-
lier ». On ne s'occupait plus que des esprits
frappeurs, et tous, le collégien, les cousines au
teint de pomme d'api, les messieurs graves, les
vieilles dames en bonnet à coques, tous s'as-
seyaient autour d'une table de bouillotte, sur laquelle on étendait les mains avec le geste d'un
pianiste qui plaque un accord.

Au bout d'un quart d'heure, — tant pis! c'était
trop ennuyeux, — je poussais. Et je crois bien
que les autres, impatientés comme moi, en faisaient autant.

Et voilà que la table se mettait à volter, à se
trémousser, et se levait sur deux pieds, et exécu-
tait toutes sortes de gentillesses. A l'aide d'un
alphabet chiffré, on lui posait des questions,
comme à un phoque ou à un âne savant. Et
la table répondait, souvent avec beaucoup d'in-
discrétion, révélait, par exemple, l'âge d'une
demoiselle qui avait, depuis longtemps, coiffé
sainte Catherine. Pour un peu, la table aurait
désigné la personne la plus amoureuse de la
société.

Les choses se compliquèrent. Des esprits furent
évoqués, toujours dans la table. D'abord, des
personnages célèbres, Robespierre, Marie-Antoi-
nette, Papavoine; — Voltaire, qui, vraiment,
n'était pas en verve ce jour-là, Napoléon, qui ne
disait que des niaiseries; — puis un oncle, disparu depuis trente ans, lequel nous apprit qu'il
avait fait naufrage et que des cannibales l'avaient
mangé à la croque-au-sel.

Les cousines aux couleurs de pivoine poussaient de petits cris d'épouvante. Seulement, —
la vérité avant tout, n'est-ce pas? — je poussais
toujours.

Rien n'est plus difficile à perdre que les habitudes prises dès l'enfance. J'ai bien peur que
mes premières expériences de spiritisme ne
m'aient rendu, à tout jamais, récalcitrant au
merveilleux.

Eh bien! il paraît que je suis une espèce d'exception dans notre Paris décadent et byzantin.
Si j'en crois le curieux volume de M. Jules Bois,
les *Petites religions de Paris,* que je viens de lire
avec beaucoup d'intérêt et un peu de stupéfac-
tion, nous coudoyons par les rues à chaque instant, sans nous en douter, des Païens, des Swe-
denborgiens, des Bouddhistes plus ou moins

orthodoxes, des Théosophes, des adorateurs de la
lumière, que sais-je? Déjà Huysmans, dans son
troublant et étrange *Là-bas,* nous avait conté
qu'on disait la Messe noire au fond de Vaugirard;
et voici que M. Gilbert Augustin-Thierry —
dont je signale le *Masque* à tous les amateurs de
frissons et de cauchemars — nous apprend que
les mystères d'Isis sont célébrés sur le versant
nord de la Butte Montmartre.

Jamais on n'a tant vu de temples « au fond de
la cour, à droite », et d'églises « au troisième au-
dessus de l'entresol ». Il y a des gnostiques à
Orléans et des esséniens rue des Belles-Feuilles.
Et, tous les soirs, vous pourrez contempler, si le
cœur vous en dit, au café Voltaire, buvant son
verre de bière et lisant les gazettes, un fort savant
vieillard, qui, dans la religion positiviste, est
quelque chose comme un pape.

Et j'allais oublier le Sâr Péladan !

Que de dogmes et que de cultes! Si vous tenez
à savoir mon avis, je vous avouerai que tout cela
me semble passablement absurde, que je trou-
verais plus simple d'espérer en un Dieu juste et
bon, en une Loi suprême d'harmonie et de miséricorde, et de faire autour de soi, dans sa modeste sphère d'action, le plus de bien possible.

Mais les cervelles mystiques ne se contentent pas
de si peu, et je sens plus que jamais que je ne
suis qu'un pauvre homme.

En l'an 1848, où la moisson de folies fut abon-
dante, un certain nombre de bons dieux en chambre se révélèrent, tout comme aujourd'hui. J'ai
eu personnellement l'avantage de rencontrer
jadis, chez des amis, le dernier diacre irvingien.
Quand je dis le dernier, je devrais plutôt dire le
seul, car la religion irvingienne n'avait jamais eu
qu'un prêtre, — son fondateur, un « quarantui-
tard » nommé Irving, — et un diacre, celui que
j'ai connu. C'était un très brave homme qui
exerçait la profession de photographe, place
Dauphine. Tous les dimanches, vingt-cinq ou
trente fidèles — le reste des irvingiens — se réu-
nissaient dans son atelier. On roulait, dans un
coin, les appareils sur leur trépied, les châssis où
étaient peints en grisaille de riches salons et des
parcs seigneuriaux, et l'excellent M. D... célébrait
l'office. Je parle d'il y a vingt-sept ou vingt-huit
ans. L'irvingianisme agonisait. Il doit être définitivement mort; car je n'en ai pas trouvé trace
dans l'ouvrage de M. Jules Bois.

C'est peut-être parce que j'ai poussé tant que
j'ai pu la table de bouillotte, autrefois, chez ma

tante, — et parce que l'âme de Jean Racine, qui,
un soir, avait eu la complaisance de se déranger
pour nous, fut incapable de déclamer les dix premiers vers du récit de Théramène sans y ajouter
des « cuirs » et des fautes de quantité ; — c'est
peut-être pour cela, et aussi par tempérament,
car on est incrédule comme on est bilieux ;
mais je ne croirai aux miracles que lorsque j'en
aurai vu.

« Ceux de Lourdes, me crient cent témoins,
dont plusieurs étaient sceptiques naguère, ceux
de Lourdes sont incontestables. » Il faudra donc
que je retourne là-bas ; car, autrefois, je n'y ai
vu que des marchands de chapelets.

Bien des voix entraînantes m'excitent d'ailleurs
à refaire le voyage. Déjà commence à se dérouler
sous nos yeux la large et puissante fresque où
Émile Zola va faire palpiter la souffrance humaine. J'ai là, sur ma table, *Terre de Lourdes,* par
M. Boyer d'Agen, dont je n'ai encore lu que les
premières pages, pour y respirer l'enivrante odeur
des Pyrénées au mois d'août, quand la campagne
est embaumée par la fenaison du premier regain.
Mais ce serait surtout la *Bernadette de Lourdes,* de
mon cher Émile Pouvillon, qui me ferait croire
aux miracles, si, comme lui, j'avais assez d'ima-

gination pour me donner à moi-même l'illusion,
le mirage de la foi.

Car cet exquis poète, ce délicat paysagiste, ce
suave virtuose du style a su allier, dans sa *Bernadette,* la naïveté d'un « mystère » de jadis à la
perfection d'une moderne œuvre d'art. Je ferme
son livre, rustique et chrétien, avec un enchan-
tement au cœur. Il me laisse cette sensation de
cierges en plein soleil, d'odeur d'encens mêlée
au parfum des roses, que donne un reposoir de
village à la Fête-Dieu.

Dans l'âme de mon ami Pouvillon, je sens
bien qu'il y a, comme dans la mienne, cette aspi-
ration vers la foi, ce besoin d'une croyance, si
douloureux, car il est triste comme un regret et
âpre comme un désir. Mais avons-nous, lui et moi,
le cœur assez ingénu pour prier, pour croire, surtout, à l'efficacité de notre prière, pour demander,
pour espérer le miracle ? Hélas ! hélas !... Ce serait
si doux, pourtant! J'en sais quelque chose, moi
qui ai passé tout ce dernier hiver au chevet de
malades bien chers, moi qui encore, à l'heure
qu'il est, vois souffrir des êtres que j'aime et ne
puis rien pour les soulager.

Cependant, si ma raison est rebelle au merveilleux, je conviens que, au point de vue de

l'imagination et de la poésie, rien n'est plus admirable. Et, pour finir cette causerie, je veux vous dire une jolie histoire, qui me fut contée à Lyon, il y a quelques années.

Une fillette de la campagne arrive en ville par le chemin de fer, avec son panier et ses petits paquets, pour entrer en condition dans une famille respectable. Mais, à la gare, elle s'aperçoit avec terreur qu'elle a perdu l'adresse de la maison où elle était attendue. L'enfant est jeune, jolie; et la voilà seule, sans argent, perdue dans cette grande cité, exposée à bien des périls. Que va-t-elle devenir?

Or, la petite a toujours eu une dévotion particulière à la Vierge. Là-haut, sur la colline, dominant cette ville dont elle a peur, elle voit se dresser la basilique de Notre-Dame de Fourvières. Elle passe le pont, gravit les pentes, va s'agenouiller devant la Bonne Vierge, se recommande à elle dans une ardente prière; puis, comme elle sort de l'église, un jeune homme vêtu de noir, dont la physionomie respire la bonté, s'avance vers elle, lui demande pourquoi elle a le front soucieux et les yeux rouges.

A cet inconnu, qui lui inspire confiance, la jeune paysanne avoue la cause de son chagrin.

« Allez donc, lui dit alors le jeune homme, chez madame une telle, qui demeure en ville, à tel endroit. C'est ma mère. Vous lui direz simplement que c'est son fils qui vous envoie. Allez, vous serez bien reçue. »

La fillette obéit, se rend à l'adresse indiquée, est d'abord introduite dans un salon où se trouve un portrait fort ressemblant de l'obligeant jeune homme. Puis une dame, âgée et en grand deuil, la rejoint et l'interroge. Mais, quand la jeune fille lui dit : « Je viens de la part de votre fils, » la vieille dame pousse un cri de douleur :

« Mon fils est mort!... Je le pleure depuis trois ans! »

Alors, la petite paysanne, éperdue et tremblante, raconte son aventure, sa prière à Notre-Dame, sa rencontre et son entretien, sur le seuil de l'église, avec ce jeune homme, dont voici le portrait.

On devine le dénouement. Ce n'est pas comme servante, c'est comme une fille d'adoption que la pauvre mère accueille cette pieuse enfant, à elle adressée par son fils qui est au ciel.

Vous souriez? Je ne m'en étonne pas. Cependant, cette anecdote miraculeuse m'a paru très émouvante, surtout dans le milieu et dans le

décor contemporains. Je la signale à nos jeunes
poètes, qui sont mystiques volontiers. Elle pourrait, je crois, inspirer à l'un d'eux une centaine
de charmants vers.

10 mai 1894.

A propos de Jeanne d'Arc

E M. Joseph Fabre est vraiment un bon Français, et la fête nationale en l'honneur de Jeanne d'Arc, qu'il réclame avec une patience et une ardeur infatigables, devrait être instituée depuis longtemps. Il est même scandaleux qu'on hésite à satisfaire ce brave homme, et toute la nation avec lui.

Comment? On a ce bonheur inespéré que sur Jeanne d'Arc tout le monde soit d'accord. De l'aveu général, il n'y a, dans l'histoire d'aucun peuple, une légende aussi admirable, une figure aussi pure et aussi touchante. Pour les

croyants, c'est une sainte; pour les libres pen-
seurs, c'est une héroïne; pour tous, c'est la patrie
personnifiée, c'est son âme même. Il n'y a pas
un bon citoyen qui, en pensant à Jeanne, ne se
sente pénétré de vénération et de tendresse. Elle
a pour elle l'unanimité des cœurs. On peut glo-
rifier sa mémoire dans l'église, dans la caserne,
dans la rue. Sa fête sera religieuse, militaire, populaire. Ce jour-là, on chantera des *Te Deum,* on
passera des revues, on se réjouira sur les places
publiques, sans une protestation, sans une bou-
derie, sans une note discordante. Ce deuxième
dimanche de mai, jour anniversaire de la délivrance d'Orléans, que M. Joseph Fabre propose
avec raison de choisir pour cette solennité, ce
serait la trêve de toutes les discordes, la réconciliation momentanée de tous les Français. Nous
aurions, à chaque printemps, comme au mois
d'octobre dernier, pendant la présence des marins russes, quelques heures délicieuses d'union
et de fraternité. La fête de Jeanne d'Arc serait
une joie pour toute la France.

Qu'attend-on pour la lui donner?

Je sais bien que, dans le monde de nos mal-
faisants parlementaires, une pensée vraiment
nationale, vraiment française, a peu de chances

de succès. La fête de Jeanne d'Arc ne flattera
aucune passion politique, ne sera utile à aucune
faction. Alors, à quoi bon? Quand on est un
homme de parti, — et c'est le cas de tous les
moulins à mensonges du Palais-Bourbon, — on
doit considérer comme inutile, comme dangereux même, de rappeler que, au-dessus de tous
les partis, il est quelque chose de supérieur, de
sacré, — la France, quels que soient ceux qui la
gouvernent. Sachez-le bien, chaque parlementaire est pareil au calicot doré de la Maison du
Pont-Neuf et développe une banderole sur laquelle sont écrits ces mots : « Le bon gouvernement n'est pas au coin du quai ». Or, le souvenir
de Jeanne d'Arc ne fera de réclame à personne.
Rien à en tirer d'avantageux pour les Armagnacs
conservateurs ou pour les Bourguignons révolutionnaires. Aussi, les voyons-nous tous, Bourguignons et Armagnacs, assez froids pour l'héroïne.

Ces gens-là ne savent se mettre d'accord que
pour tromper le pays et lui jouer quelque mauvaise farce. L'année dernière, ils ont voté par
acclamation l'affichage du fameux appel à la
vertu de M. Cavaignac, et, quelques semaines
après, ils validaient à tour de bras tous les panamistes et les rétablissaient dans leurs charges et

dignités. L'autre jour, ils n'ont eu qu'un cri pour réclamer l'extradition de Cornélius Herz, alors que beaucoup d'entre eux, soyez-en certains, prient le bon Dieu pour qu'on ne l'obtienne pas, décidés d'ailleurs, dans le cas où l'on enverrait une nouvelle commission médicale près de l'illustre diabétique, à le prévenir télégraphiquement, afin qu'il ait le temps de se mettre au lit en bonnet de coton et de vider son sucrier dans son vase de nuit.

Ce qui vient de se passer à propos des couronnes déposées au pied de la colonne Vendôme, est aussi de nature à nous éclairer sur les sentiments des politiciens en présence de toute manifestation exclusivement patriotique. Quand les agents de police sont venus enlever ces fleurs apportées comme un hommage à nos vieilles gloires, certes, le bronze a dû frémir; car à cet airain est mêlée l'âme des prodigieux soldats qui le conquirent sur les Allemands! En vérité, voilà qui est bien fait pour réjouir les ombres de tous les Français morts au champ d'honneur, et pour encourager ceux à qui, demain peut-être, nous demanderons le même sacrifice!

Mon Dieu, que les gens au pouvoir sont stupides quelquefois! Ils verront avec plaisir, aujourd'hui, déposer tous les bouquets qu'on voudra devant l'image de Gambetta, qui fut un ardent patriote, je le reconnais, mais dont l'emphatique monument ne rappelle, après tout, qu'un effort impuissant et d'effroyables désastres; et voici qu'ils ne tolèrent même plus, au pied de la colonne Vendôme, une couronne avec la date de la victoire de Lodi, remportée en 1796 par une armée républicaine.

Mais Bonaparte commandait en chef à Lodi, et, désormais, Lodi dégoûte les républicains.

Napoléon et Jeanne d'Arc!

Nous avons, chez nous, à nous, ces deux gloires extraordinaires, telles qu'il n'y en a pas de semblables dans l'histoire universelle! La Bonne Pucelle nous a révélé l'amour de la patrie, la « grande pitié du royaume de France ». L'immense Empereur nous a enveloppés d'un tel éblouissement de gloire que la France de son temps restera éternellement, dans les lointaines profondeurs de l'avenir, la plus grande nation du monde. Et que faisons-nous, hélas? A Jeanne nous marchandons les lampions officiels, et nous balayons quelques pauvres fleurs que des mains pieuses apportaient au bronze triomphal de la Grande Armée!

Mais pourquoi s'indigner? Peut-être les choses sont-elles mieux ainsi. Qu'importe à la vierge de Domrémy, qu'importe au vainqueur de Marengo, d'Austerlitz et d'Iéna l'indifférence ou la haine d'une poignée de bourgeois devenus nos maîtres par le hasard de cette loterie qu'on appelle le suffrage universel? Qu'est-ce que tous ces malheureux-là ont à faire avec une Sainte et un demi-Dieu?

Qu'ils jettent aux ordures une couronne d'immortelles sur laquelle est écrit le nom d'une victoire française! Soit. Cela les juge. Nous n'avons qu'à hausser les épaules devant ce sacrilège imbécile, et nous pourrions leur donner l'occasion de le renouveler chaque matin. Car il y a, dans l'épopée impériale, assez de journées glorieuses pour toutes les éphémérides du calendrier. On se lasserait peut-être, à la longue, de cracher sur le drapeau.

Quant à Jeanne d'Arc, plus grande que Napoléon lui-même, car elle ne surgit que pour la juste guerre et garda, toujours intactes dans son âme, la charité de la chrétienne et la bonté de la femme, pleurant après la bataille et soignant les Anglais blessés; quant à la sainte Pucelle, plus touchante que le grand Empereur, car la victime

des prêtres de Rouen est une martyre innocente
sur son bûcher, tandis qu'il y a de l'expiation
dans les tortures du Prométhée de Sainte-Hélène;
quant à la simple et sublime enfant, fille de notre
Lorraine aujourd'hui mutilée, oh! de tout notre
cœur, nous demandons, avec M. Joseph Fabre,
qu'on la fête comme la patronne de la France.

Mais, si — ce qui est fort possible — pour
ne pas déplaire à quelques électeurs voltairiens,
cette joie patriotique nous était refusée, nous
n'en serions pas autrement émus.

L'essentiel, et ce qui vaut mieux que tous les
feux d'artifice, c'est que le souvenir de Jeanne,
vieux de près de cinq siècles, est plus vivant que
jamais parmi nous, c'est qu'un véritable culte
pour elle s'établit dans d'innombrables cœurs.
Et, au milieu des tristesses et des dégoûts du
temps présent, quand se manifestent autour de
nous tant de signes de décrépitude, c'est une
grande consolation de constater que l'esprit public reste du moins fidèle à la plus belle et à la
plus pure de nos religions nationales.

Souvenir de Jeanne, veille sur la France. Redis-
nous qu'il ne faut jamais oublier l'outrage, subir
le joug, accepter la conquête. Inspire-nous la
confiance et l'espoir. Promets-nous qu'un orage

purifiant se lèvera bientôt pour balayer les nuages de corruption, de crime et de mauvaises chimères qui obscurcissent notre ciel. Conserve en nous l'amour instinctif, la piété filiale pour le pays; et rappelle-nous, chaque jour, à toute heure, que, quand même nous tomberions au dernier degré de la honte et de l'esclavage, il pourrait suffire, pour notre relèvement et notre délivrance, d'une enfant avec une foi dans le cœur et une épée à la main.

17 mai 1893.

Idylles plébéiennes

—

Depuis quelques jours, nous subissons un retour offensif de l'hiver. Espérons qu'il va battre en retraite définitivement et qu'il nous envoie en ce moment les dernières cartouches de son arrière-garde. Mais, ce soir, je m'arrache à regret du coin du feu, où je viens de tisonner pendant une heure, et je commence cet article avec un frisson dans le dos. Toute cette après-midi, ayant eu à circuler à travers la ville, j'ai grelotté, malgré le paletot d'hiver, sous la capote d'une victoria, et j'ai été

souffleté tout le long du chemin par des rafales
d'aigre bise et de pluie glacée. Demain sans
doute, je serai plus enrhumé que le père Du-
cantal, et la moitié de Paris éternuera. Que Dieu
vous bénisse!

Or, savez-vous à quoi je songeais, tout à
l'heure, en remuant les braises du bout des pin-
cettes?

Aux amoureux.

Oui, aux couples d'amoureux populaires, qui,
ce soir, par ce temps de chien, ne pourront pas
s'asseoir, près, tout près l'un de l'autre, sur les
bancs des boulevards solitaires, pour se prendre
les mains, se regarder dans l'ombre au fond des
yeux et se dire à voix basse de délicieuses stupi-
dités et des phrases à dormir debout, avec des
baisers en guise de points et de virgules.

Incorrigible rôdeur des banlieues parisiennes,
quand je m'en vais, après dîner, promener ma
canne et ma rêverie du côté de l'Observatoire,
j'en rencontre presque sur chaque banc, de ces
idylles. Je passe tranquillement, sans avoir l'air
de faire attention, pour ne pas les déranger, les
pauvres enfants! Mais, avec un regard de côté,
je les surprends parfois qui se baisent sur la
bouche au clair de lune; et ce gentil tableau fait

toujours naître un rien d'attendrissement dans
mon vieil imbécile de cœur.

Je sens que je m'expose, en ce moment, à la
blague des jeunes pessimistes et que j'offre à
leur raillerie, dans la pénombre, sous mes arbres
de Montparnasse, un profil confus de chanson-
nier national, coiffé d'un chapeau bas à larges
ailes, d'où débordent des cheveux blancs, et
drapé dans une redingote à la propriétaire, laissant pendre, par la poche de derrière, un bout
de mouchoir à tabac.

Béranger tant que vous voudrez. Je me moque
des moqueurs. Sans compter que le bonhomme
a trouvé des vers de vrai poète pour exprimer un
sentiment que je connais bien, la tristesse de la
cinquantaine, et qu'il a, mieux que personne,
soupiré le mélancolique « déjà », crié le sup-
pliant « pas encore », douloureuses exclamations
du sentimental un peu fatigué, quand va bientôt
sonner pour lui l'heure de l'adieu aux amours.

Jeunes pessimistes, c'est vous qui êtes dans le
faux. Croyez-moi, vous perdez votre temps, vous
gâchez votre vie. Le sage, quand on lui sert sa
soupe, si mauvaise qu'elle soit, la mange et ne
commence pas par cracher dedans; car, après
avoir fait ce beau coup, il serait bien obligé de

la manger tout de même. Pour moi, je ne veux
pas devenir pareil à la seiche qui répand sans
cesse autour d'elle un nuage de sépia; et, devant
un de ces spectacles qui prouvent que l'existence
a du bon, comme, par exemple, une paire d'a-
moureux sur un banc, par une nuit de mai, je ne
m'enveloppe pas de mauvaise humeur.

Ils ne sont pas pourtant très confortables, les
amours de Daphnis en casquette et en bourgeron,
de Chloé en « taille » et en « cheveux ». Ce
banc n'est point un asile sûr. Un passant peut
s'y asseoir, qui les en chassera. Mais qu'importe?
Ils iront, un peu plus loin, installer leur idylle
errante. Leur plastique n'est pas toujours, non
plus, irréprochable, à la vierge et à l'éphèbe.
Tous deux sont des enfants du faubourg, étiolés,
malingres. Mais, bah! Il a tout de même ses yeux
de vingt ans, beaux et ardents de désir, et elle,
— sur ses lèvres, sur tout son visage, — une
fleur de jeunesse. L'un et l'autre, sans doute, ils
vivent dans leur famille, ne peuvent se rencontrer que dehors. Ils n'en sont encore qu'aux premières caresses. Je veux le supposer, du moins,
et c'est ce qui m'émeut profondément.

Pauvres enfants! Ils ne s'en doutent point.
Mais, là, sur ce banc tiède et poudreux, dans

cette nuit sans fraîcheur et sans mystère, maudis-
sant ces oisifs dont le passage trouble quand
même leur entretien et interrompt leurs baisers,
ils vivent les meilleures, peut-être même les
seules bonnes heures qu'ils auront jamais. Aujourd'hui, ils souffrent de la contrainte, souhaitent la complète solitude. Moi, je prévois trop
le malheur qui les guette, après la possession.
Ils ignorent que le désir vaut mieux qu'elle. Bénis
soient les obstacles qui, du moins, prolongent
pour eux l'attente et permettent à leur amour
de garder encore quelque délicatesse et quelque
douceur !

Car ce qui me paraît surtout cruel dans l'existence des pauvres gens et ce qui m'inspire tant
de compassion pour eux, c'est peut-être moins
les souffrances physiques qu'ils subissent que
les jouissances sentimentales dont ils sont privés.
Poussés, entraînés par la nécessité impatiente et
brutale, par la quotidienne lutte pour le pain, ils
ont à peine le temps de se sentir vivre.

La plupart des prolétaires — et ce sont les
plus sages — se marient jeunes, mais presque
toujours sans choix, dans une hâte d'accouplement. Ce n'est proprement que l'association de
deux labeurs. En ménage, ils vieillissent très

vite. L'amour n'est bientôt plus pour eux que la satisfaction d'un besoin; et de la famille, ils ne connaissent que les lourdes charges. Ont-ils aimé? Ont-ils senti jamais au fond d'eux-mêmes l'instinct fleurir en sentiment, le désir s'épanouir en tendresse? Quelquefois, oui, aux environs de la vingtième année.

Mais qu'elle est brève, leur jeunesse! Un pâle soleil, qui dissipe un moment les brumes d'une matinée d'hiver, et c'est fini. Ces amoureux en plein vent que je rencontre dans mes vagabondages nocturnes sont presque des enfants encore. Hélas! Dans peu d'années, la fillette sera devenue une de ces ménagères tout de suite fanées et voûtées par le fardeau du travail, et l'homme, éreinté dans la pleine vigueur de l'âge, ne songera plus qu'à se coucher et à dormir, après la soupe.

Et c'est pourquoi j'en veux à ce printemps froid et mouillé, qui dérobe méchamment à la jeunesse des misérables quelques-unes des rares soirées où ils peuvent écouter leur cœur.

Aujourd'hui, cette pensée m'obsède, des amoureux sans refuge, et pour l'entretenir en moi, bien tendre, je vais relire *le Cœur gros,* de Jean Ajalbert. Car presque toutes les nouvelles

de ce charmant recueil, écrites d'un style aigu et
pittoresque, où la sensation vibre jusqu'au bout
des nerfs, racontent d'humbles amours. Et j'invite, en passant, tous ceux qui goûtent l'art sincère et l'émotion vraie, à faire la connaissance de
ce Théocrite suburbain.

Jean Ajalbert, mon jeune ami, je vous sais
gré de rester, comme moi, fidèle aux petites gens
et à notre chère banlieue de Paris. Après tout, la
fleur de la pastorale est bien libre de pousser à
Grenelle ou aux Lilas, dans les terrains vagues,
entre une boîte à sardines et un vieux soulier,
lavé et rougi par cent averses. Votre gamine —
je ne me rappelle plus si elle est brunisseuse ou
corsetière — qui, ayant pour le lendemain un
rendez-vous décisif, veut se parer pour la chute
et lave son linge à la borne-fontaine, sous le bec
de gaz, me plaît autant que Nausicaa. Pourquoi
pas l'églogue le long des boulevards extérieurs
et l'oarystis sur les « fortifs » ?

Comme votre vieux confrère en flânerie, je
suis certain, mon camarade, que vous êtes furieux contre cet affreux temps qui empêche les
couples plébéiens de se parler tendrement dans
le cou, sous le profond azur, devant la marche
imposante du Zodiaque. Car, une belle nuit de

mai, n'importe où, c'est tout ce qu'il faut pour
la promenade à deux; et le ciel a beau être coupé
par des tuyaux d'usine, ou encombré par les cy-
lindres noirs d'un gazomètre, la rêverie des
amants y monte quand même vers les étoiles.

24 mai 1894.

L'Instruction et le Peuple

POUR faire plaisir à l'un des meilleurs compagnons de ma toute première jeunesse, j'ai mis, dimanche dernier, dès le matin, ma cravate blanche et mon habit à manger du rôti, et je suis allé présider la distribution des prix d'une Association philotechnique, dans une des plus importantes localités de la banlieue de Paris.

Mes lecteurs vont sans doute me trouver bien inconséquent; car je me suis permis, l'année dernière, quelques libres réflexions sur l'éloquence spéciale qui coule copieusement dans les

solennités de ce genre, et dont l'optimisme sans
réserve, l'optimisme à la Pangloss, m'a toujours
un peu agacé. Il y eut même, à ce propos, une
légère émotion dans la Presse, et quelques interviews de gros bonnets me traitèrent avec sé-
vérité. Des hommes politiques, des universitaires
d'importance manifestèrent leur indignation, et
mon article fut blâmé, généralement, comme
subversif et révolutionnaire.

Je n'avais pourtant rien avancé de très énorme.
Je me demandais seulement s'il était bien sage
de présenter aux enfants la science comme une
panacée universelle et de leur affirmer que, dans
la vie comme à l'école, les plus méritants seront
toujours les premiers. Il est, convenez-en, des
paradoxes plus scandaleux. Cependant, je fus
accusé de décourager la jeunesse, et je crois
même me rappeler qu'on me flétrit du nom
d'obscurantiste. Dans un cauchemar, je me vis
alors vêtu d'un collant rouge et d'un mantelet
de velours noir, coiffé du bonnet de Méphisto,
et faisant des effets de cuisse auprès de la Cor-
nalba, comme le mime Rossi dans *Excelsior*, le
ballet de l'Éden.

Je ne répondis rien, cela n'en valait guère la
peine. Mais je continuais pourtant à me dire,

dans ma petite jugeotte, que, tout en respectant les illusions et la naïveté d'un jeune public, — et de toute espèce de public, — il ne serait tout de même pas mal de relever la sauce un peu fadasse de ces sortes de harangues avec le sel de la vérité. Aussi, quand mon vieux camarade est venu m'embaucher, l'autre jour, pour cette distribution de prix, tant pis, j'ai voulù tenter l'expérience; et — le croiriez-vous d'un orateur? — j'avais écrit ce que je pensais sur les quatre ou cinq feuilles de papier que je tenais à la main, en m'installant au fauteuil, dans mon costume de garçon d'honneur, et salué par le pas redoublé des cuivres de la fanfare locale.

L'auditoire était composé, en majeure partie, des élèves qui avaient suivi les cours et de leurs familles; et ce personnel, vous le savez, ne se recrute pas dans la « haute ». Il y avait là des gens du peuple et de la plus médiocre bourgeoisie, de modestes employés, des ouvriers, des ouvrières, un soldat, même quelques servantes. Je ne sais rien de plus respectable et de plus digne d'intérêt que tout ce petit monde-là, qui, en plein combat pour la vie, garde pourtant le goût et le besoin des choses intellectuelles, et qui, chaque soir, après sa tâche faite, dérobe une heure à son repos si bien gagné, pour venir écouter un professeur, prendre quelques notes, et combler ainsi, tant bien que mal, les lacunes d'une instruction élémentaire, que la nécessité de gagner du pain interrompit de trop bonne heure.

La plupart étaient encore des adultes, de très jeunes gens ; mais je voyais aussi devant moi des visages plus virils. On m'a même raconté l'histoire touchante d'un père de famille en cheveux gris, qui, tout à fait illettré et rougissant de son ignorance, était venu s'asseoir, à côté de son fils, grand garçon déjà, sur les bancs de l'école. Imberbes ou barbons, mes auditeurs étaient donc de ceux à qui peut s'appliquer la belle expression de l'Évangile, des hommes de bonne volonté.

Certes, il convenait de les féliciter, — et je l'ai fait avec toute la chaleur et toute la sincérité de mon âme, — ces artisans, épuisés par une besogne fatigante, ces commis, las d'une longue et monotone séance dans un bureau, ces jeunes filles ayant tiré l'aiguille toute la journée, qui avaient assez d'énergie pour cultiver encore la fleur de leur esprit. En leur présence, je songeais à tant de riches et d'heureux, qui se contentent du peu qu'on les a forcés d'apprendre dans leur enfance, si même ils ne l'oublient pas, et dont toute l'existence s'écoule dans l'oisiveté stérile et dans les frivoles distractions. Je me sentais pénétré de sympathie pour ces braves gens. J'ai regardé avec bonheur ces visages, où la dure expérience de la vie, la gravité précoce que donne la pauvreté, n'avaient pas éteint pourtant le charme et l'éclat de la jeunesse. J'ai été fier de serrer ces mains qui, presque toutes, étaient marquées par les cals et les cicatrices du labeur. J'ai souri à ces yeux honnêtes, au fond desquels brûlait la flamme de la pensée.

Mais, précisément à cause de la profonde estime que m'inspiraient ces enfants du peuple, qui, tout en acceptant leur humble condition, prétendent s'élever au-dessus d'elle, j'ai voulu leur dire ce que je croyais être la vérité, et j'ai rompu avec la tradition depuis longtemps établie dans les allocutions scolaires, où l'on vante toujours avec emphase les bienfaits de l'instruction, où l'on n'en montre jamais les périls.

A coup sûr, leur ai-je dit avec Agrippa d'Aubigné, « la vertu n'est pas fille de l'ignorance ». Mais il n'est pas prouvé, malheureusement, que la science rende l'homme meilleur. Elle est une force, voilà tout, et, comme toutes les forces, elle peut être mise au service du bien ou du mal. Malheur à celui en qui elle développe l'orgueil et le mépris de ses inférieurs intellectuels; car il perd aussitôt la notion de la justice et de la bonté. Le temps présent ne nous offre que trop d'exemples de cette maladie morale. Ce ne sont pas, hélas! des ignorants, ces malheureux qui, affolés par le sentiment morbide de leur supériorité, s'abandonnent aux pires conseils de l'envie et de la haine, condamnent en masse la société imparfaite et, dans leur fureur, sont entraînés parfois jusqu'au crime.

Instruisons-nous, ai-je répété à mes jeunes auditeurs, instruisons-nous dès le premier âge et à tout âge. Les portes de l'école sont, désormais, largement ouvertes à tous. N'en oublions pas le chemin. Continuons à acquérir, non seulement les connaissances pratiques qui nous rendront utiles aux autres et à nous-mêmes, mais aussi cette culture de l'esprit qui nous donnera les plus pures et les plus nobles joies. Fréquentons l'école, prenons-y et rapportons-en chez nous le goût de l'étude, de la lecture. Les livres sont de sûrs amis. Ils sont toujours là, nous retiennent près du foyer, nous font contracter les douces et

calmes habitudes de l'intimité et de la famille.
Instruisons-nous, mais, au nom du ciel! ne devenons pas orgueilleux de notre savoir. Car nous
risquerions d'y perdre le véritable esprit de fraternité; car nous pourrions oublier alors que
tous, instruits ou ignorants, nous sommes égaux
devant les inévitables misères de la vie, et que,
contre elles, nos meilleures armes sont encore
les deux sentiments innés, les deux vertus d'instinct que l'orgueil détruirait d'abord en nous, la
résignation et la simplicité du cœur.

Ce langage, si raisonnable et si modéré qu'il
soit, le peuple n'a pas coutume de l'entendre.
Car, en France, depuis quelque vingt ans, nous
sommes en proie à une sorte de délire scolaire,
et, dès qu'on a prononcé les mots « science » et
« instruction », il semble que tout soit dit. Beaucoup de gens, qu'on prendrait pour très sensés
au premier abord, considèrent l'orthographe et
la géographie comme des vertus et sont persuadés
que l'algèbre donne la paix de l'âme. Il ne faudrait pas les pousser beaucoup, je crois, pour les
entendre déclarer qu'ils trouvent très possible
et même souhaitable un avenir où les piqueuses
de bottines seraient toutes pourvues du brevet
supérieur et où les champs seraient labourés par

des bacheliers ès-lettres. Rêve de mandarins, aussi absurde que celui de certains idéologues qui nous annoncent comme prochaine une société où tout le travail, fait aujourd'hui par nos mains, sera sans peine et rapidement exécuté par les machines, tandis que l'espèce humaine, désormais composée seulement de rêveurs, de poètes et de philosophes, sera nourrie dans le Prytanée et passera son temps en conversations, tout en se promenant par groupes, à la mode péripatéticienne.

D'ailleurs, quand même ces chimères devraient un jour devenir des réalités, ce n'est pas pour tout à l'heure, et, d'ici à bien longtemps, la science ne fera pas grand'chose pour diminuer l'inégalité des conditions entre les hommes. Il ne me paraît donc pas inutile que, de temps en temps, de vrais amis du peuple, de ceux qui n'attendent rien de lui personnellement et n'ont pas, par conséquent, besoin de le flatter et de l'induire en erreur, lui tiennent de moins superbes discours.

Recommandons-lui de s'instruire, soit. Mais n'éveillons pas dans son esprit de dangereuses illusions. Pour la plupart des humbles, le savoir ne peut être qu'un ornement de la pensée, un parfum de la vie. Les fleurs de Jenny l'Ouvrière, mon Dieu, oui. Et c'est beaucoup! Donnons l'instruction à l'homme du peuple, mais inspirons-lui la défiance contre les appétits et les révoltes du demi-savant. Adressons-nous à son bon sens et à son bon cœur. Répétons-lui qu'aux pires sévérités du sort, il n'a guère à opposer que la douceur et la solidarité fraternelle, que la meilleure discipline morale consiste encore à porter vaillamment son fardeau et à alléger, quand on le peut, celui de ses compagnons, et que quiconque se résigne est relativement heureux, car il conserve un inappréciable trésor, la bonté.

Il me comprenait, mon public populaire de l'autre jour, et il applaudissait franchement à ces vérités mélancoliques. Mais mon cœur était triste de n'y pouvoir ajouter quelques paroles de consolation. Ils les entendaient autrefois, les pauvres gens, dans l'église, quand l'école, sa voisine injustement jalouse, n'attirait pas seule la foule. Aujourd'hui, l'herbe pousse entre les dalles du parvis, et c'est un grand malheur. Car la misère humaine n'a pas renoncé à l'espoir d'un paradis, et chez quelques-uns de ceux qui l'exigent ici-bas, et tout de suite, l'impatience a pris la forme d'une folie mystique et sanguinaire.

« Toute foi religieuse est morte, » disent certains savants infatués. Hélas! tuant comme des persécuteurs, mourant comme des martyrs, de toutes parts je vois surgir des fanatiques.

31 mai 1894.

TABLE

Achevé d'imprimer

le seize juin mil huit cent quatre-vingt-quatorze

PAR

ALPHONSE LEMERRE

25, RUE DES GRANDS-AUGUSTINS, 25

A PARIS

2. — 2155.

ŒUVRES COMPLÈTES

DE

FRANÇOIS COPPÉE

Édition in-18 jésus, papier vélin

POÉSIE

THÉATRE

PROSE

PARIS. — Imprimerie A. LEMERRE, 25, rue des Grands-Augustins. — 4.-2155.

LE CAMP

DES

BOURGEOIS

PARIS. — IMPRIMERIE VALLÉE, 15, RUE BREDA.

www.ingramcontent.com/pod-product-compliance
Lightning Source LLC
Chambersburg PA
CBHW070212030726
47505CB00006B/1657